哲意

亦然 著

云南美术出版社

图书在版编目（CIP）数据

哲意 / 亦然著. -- 昆明：云南美术出版社，2025.
5. -- ISBN 978-7-5489-6034-8

Ⅰ．I267

中国国家版本馆CIP数据核字第2025EH4761号

责任编辑：方　帆
责任校对：金　伟　赵异宝
封面设计：珍　珍

哲意

亦然 著

出版发行：云南美术出版社（昆明市环城西路609号）
印　　刷：湖北金港彩印有限公司
开　　本：880mm×1230mm　1/32
印　　张：7.75
字　　数：141千
版　　次：2025年5月第1版
印　　次：2025年5月第1次印刷
书　　号：ISBN 978-7-5489-6034-8
定　　价：78.00元

序言

哲学其实也是有故事的,哲学的故事往往发生在不同时期的哲学家身上,古希腊时期的柏拉图、亚里士多德,近代的康德、尼采等,他们的人生经历和思想精髓就是不同历史时期的哲学故事。哲学上的理想人格,是基于对价值取向的判断,不同的哲学家对理想人格的设定不同,他们都在用自己的方式去理解理想的人格特质。社会发展是一个动态变化的过程,社会向前发展的时候,既要遵循规律,又要持续不断地创新,所以怎么做都是一种挑战。马克思曾说:"任何真正的哲学是自己时代的精神上的精华。"拥有属于自己的哲学,是一门长远的功课。而在我看来,理想是理想,现实是现实,现实追赶理想可能是一个持续而无法达到的状态,所以需要持续不断地探索和努力,还需要不断地坚持。纷纷世事如棋局,社会变化万千,在这个纷纷扰扰的世界里,找到适合自己的东西,少做勉为其难的事情,才是对自己负责的最好方式。化用《明朝那些事儿》作者石悦的话,"你到这个世界上来，你应该有这样一种觉悟，就是你终究是要死的，一个人无论再厉害，都会有死去的一天，在这段时间里不断地探索，懂得这个世界的规律，那是一种无比的喜悦。"生活中其实有很多学问，而个人对生活的体验和认识是相对有限的，无法触及生活的全部，所以这里的文笔大多也是平心而论，延古及今，希望能给读者带来一些思考和启发。

目录

第一章　万物有灵 / 001

　　第一节　引力 / 001

　　第二节　灵魂 / 006

第二章　关于因果 / 012

　　第一节　因果 / 012

　　第二节　过程 / 016

第三章　关于影响 / 021

　　第一节　平凡与伟大 / 021

　　第二节　人生的改变 / 025

第四章　用心见心 / 029

　　第一节　用心 / 029

　　第二节　见心 / 032

第五章　目标尺度 / 037

　　第一节　尺子 / 037

　　第二节　目标 / 041

第六章　起心动念 / 046

第一节　心力 / 046

第二节　乘风破浪 / 050

第七章　远近高低 / 055

第一节　见山 / 055

第二节　见海 / 058

第八章　速度镜像 / 063

第一节　速度 / 063

第二节　暗物质与镜像 / 067

第九章　科学艺术 / 072

第一节　科学艺术 / 072

第二节　表现 / 076

第十章　相互关系 / 081

第一节　质量互变 / 081

第二节　相互关系 / 085

第十一章　时效命运 / 090

第一节　真理翻页 / 090

第二节　活在当下 / 094

目录

第十二章 一种无序 / 100

第一节 隔离 / 100

第二节 无序 / 105

第十三章 情绪行为 / 111

第一节 情绪 / 111

第二节 行为 / 115

第十四章 缘起缘灭 / 119

第一节 缘来缘去缘如水 / 119

第二节 水能载舟亦能覆舟 / 123

第十五章 有理无言 / 128

第一节 承诺 / 128

第二节 无言 / 132

第十六章 爱恨之间 / 136

第一节 爱过 / 136

第二节 无恨 / 140

第十七章 善恶相生 / 146

第一节 众生相 / 146

第二节 为善 / 151

第十八章　修行觉悟 / 156

　　第一节　以行制性 / 156
　　第二节　以性施行 / 161

第十九章　花开花落 / 166

　　第一节　命运 / 166
　　第二节　一花一世界 / 170

第二十章　有离有合 / 176

　　第一节　分分合合 / 176
　　第二节　但愿人长久 / 181

第二十一章　虚实相生 / 187

　　第一节　无形 / 187
　　第二节　现实主义 / 190

第二十二章　淡然得失 / 196

　　第一节　淡然 / 196
　　第二节　得失 / 200

第二十三章　时空结构 / 206

　　第一节　时间 / 206
　　第二节　空间 / 210

第二十四章　宁静致远 / 216

　　第一节　宁静致远 / 216

　　第二节　行则将至 / 221

第二十五章　启示 / 228

　　第一节　仁智 / 228

　　第二节　启示 / 233

第一章 万物有灵

第一节 引力

引力是物理学领域中经常出现的一种力,表示为两个物体之间因质量相对大小而相互吸引的自然力。在经典力学中,科学家通常研究的是物体运行轨迹、运动规律,其中包括了牛顿力学以及拉格朗日力学。从宏观角度来说,根据艾萨克·牛顿的万有引力定律,任何两个有质量的物体都会相互吸引,吸引力大小与目标物体质量成正比,与距离的平方成反比。数学上用公式表示为:

$$F = G\frac{M_1 M_2}{r^2}$$

其中:F 是引力大小。

G 为万有引力常数,$G = 6.67 \times 10^{-11} N \cdot m^2 \cdot kg$。

M_1 和 M_2 是两个物体的质量。

r 是两个物体之间的距离。

宏观角度上的引力公式,能直观地反映两个物体之间的引力关系。在宏观物理学的角度,引力往往被定义为物体与物体之间的力，比较简单的就是地球重力，抛一个小球，它便垂直掉落。而微观的量子引力理论还在研究之中，但爱因斯坦的广义相对论还对引力有着另一种解析，就是物体质量会弯曲周围时空，其他物体在这个弯曲时空中沿测地线自由运动。在同一个物体中，属于它引力的方向、范围、角度、作用等都是这个物体的自然属性，如果这些属性跟随着物体运动没有发生变化，则可能是在一定区间范围的环境下没有发生变化。而在较大的质量物体的弯曲时空中，其他物体在没有受力的情况下，物体则会沿着这个弯曲的时空中的最短路径运动，这说明了，当某样东西一旦超过了一定的区间界限，它本身的自然属性就会发生变化，这个时候观察者的视野也应当改变，不能再以过去的视角看待这些现象。理论上所有物质都具有引力，包括能看见的物质、看不见的物质，在这些物质基础上可能有一个点的问题，它被称为引力点，这个点的作用非常大，在这个点上你可以做很多事情，如画线、画圆，用于各种研究、计算等。然而找到这个点并不容易，其中需要做一些必要而复杂的步骤，比如在一个三角形中找中心，你要作垂直辅助线、在矩形中作对角线、在圆上找圆心，而这仅仅是几何意义上的方式，如果一个物体是不规则的，看不见的，或者一个椭圆，又或者说是动态变化的，那找到这个点的问题，就会变得更加复杂和困难。

　　一本书也具有引力，书的引力可能表现在它看不见的作用上。这种引力我称它为看不见的吸引力，这本书所传递出来的价值观，如果是具有普遍意义的，那么这本书的价值就相对较大，如果是偏单一性观点较多，那这本书的价值只适用于某一领域，又或者说这本书只适用于社会发展或者科学研究的某段时间。这时候，这本书就具有一定的作用特质，也可以说存在一定的吸引力。《齐物论》中有这样描述："照之于天，亦因是也。是亦彼也，彼亦是也。彼亦一是非，此亦一是非"，驱始于其环之中，以应无穷。有此就有彼，之间是是非非，往复循环如圆圈，看不见摸不着的东西太多，我们探索的范围也可能仅仅只是大海边沙滩上的一个小范围，就像一个人站在海滩上，思考和玩耍无非是根据自己的想法去做而已，他所在的位置，无非是这片沙滩上的一小部分。而一本书，记录的无非是个人的一些片面观点，也不是生活的全部，书的价值也是因人而异的。

　　我们所见的颜色也具有引力，这种吸引力表现在视觉上。在一张白纸上，自己就可以通过调配不同颜色，绘制自己的心灵地图。缤纷色彩闪出的美丽，是因它没有分开每种色彩，当一张白纸被挂在画板上，白纸里面的画作便会根据其颜色的分布和用笔风格形成不同的世界。这个世界是属于创作者的,如文森特·凡·高(Vincent van Gogh)的《星夜》和《向日葵》。如果单从颜色上去处理色彩还觉得不够明晰,那么还可以像克劳德·莫奈(Claude Monet)加上光线的独特处理。还有我们听到的声音,也具有引力,这种引力我称它为声上波的吸引力。声音在物理学上表示一种机械波,通过介质中的粒子振动传递,然而声音无法在真空中传播,所以一个人如果到了外太空,他就无法再通过气体这种介质传递声音。通过改变声音的组合方式,对声音的音调、音色、音频排列组合,可以让声音从复杂无章的节奏变化为律动四方的曲调,进而形成一部作品,其中最好的方式就是在声音中加入创作者的感情,《二泉映月》是中国民间音乐家华彦钧(阿炳)的代表作之一。在演奏《二泉映月》时,他运用了多种弓法和指法,让音乐情景交融,旋律深入人心。因为家庭动荡和社会变故,他的作品不但反映了个人情感,也延伸出了当时社会的另一面。这首《二泉映月》也被古今中外的音乐爱好者推崇,成为经典之作。声音也被赋予很高的艺术成分,在《列子·汤问》中,晋国乐师俞伯牙于泰山上奏琴,钟子期闻声见意,听见了如高山流水般的意境,两人因此结为知音。因声而结缘,后来钟子期去世了,俞伯牙摔琴断弦,以此来怀念知音。除此之外,在音域里许多人倾尽一生,如古典主义和浪漫主义时期过渡人物的贝多芬（Ludwig van Beethoven）、奥地利作曲家莫扎特（Wolfgang Amadeus Mozart）、在音乐领域擅长复杂的对位和声的巴赫（Johann Sebastian Bach）、以浪漫主义钢琴作品而著称的波兰作曲家肖邦等，在音乐的世界里，他们有出色的成就，这也使得他们付出了他们一生的时间。

一座城市的引力，是这座城市的灵魂。大部分人都比较喜欢旅游，喜欢了解和体验不同地方的文化风俗、生活习惯，那些地方可能有不一样的吸引力，比如更开放包容的文化、更踏实淳朴的人文气息，等等，不同的地方文化形式不同，有些地方的文化形式是保留下来了，但有些地方的文化形式已经被时代所抛弃，这些被抛弃的文化形式，我称之为"文化遗忘"。文化遗忘是一个充满遗憾性的问题，可能是时间的原因，也可能是时代发展的结果，由于时代的发展，这一段文化形式便逐渐失去了它原有的色彩，换句话说，是这段文化形式的影响力降低了，在不断更新和物欲横流的年代里，年轻人更加追求新鲜有活力的事物，所以旧的东西就容易失去吸引力，或许只有念旧的老人，还会记得那些曾经的过去。当然，人在旅途中，不一定只会感受当地的文化形式，他们更多情况下会倾向于观赏当地的自然景色，倾向于欣赏山水之间的点点滴滴。在路上也是快乐和幸福的，某种程度上来说，他们可以看见更广阔的天地，接触不同的人。其实中国的领土辽阔壮丽，你可以品尝到许多不同地方的特色美食和感受不同地方的风俗文化。就吃的来说，如广东的点心、云南的米线、重庆的火锅、新疆的烤肉等，这些都是一个地方的特色美食。地方风景文化也有很多，如广西的山水、云南的溶洞、贵州的瀑布、甘肃的敦煌石窟等。每个地方都有它吸引人的特点，不管是舌尖上的美味还是视觉上的震撼，至少那是一座城市的魅力，也是一座城市的灵魂。

第二节　灵魂

灵魂是物质的一种难以消逝的发散式潜意识形态。世界上的任何一种物质，包括肉眼能看见的，看不见的可能都有它的灵魂，能看见的比方说一块岩石、一座山坡、一条江河、一片海洋，看不见摸不着的比如暗物质、高频的声波、高能的状态，等等，物质的位置、状态和颜色等都赋予了它该有的发散式能量状态，也就是我想描述的灵魂。科学是无法直观测量灵魂这个东西，很难用物理或者化学的方法对其干预，科学更倾向于描述其为一种意识。灵魂这种东西，放在个人身上，如果男女之间灵魂契合，那么两个人可以很快乐地在一起生活，甚至结为夫妻。人与人之间若是灵魂契合，志同道合，就会成为至交。反之，就适当保持距离，面子上过得去就好。最后一种是完全不契合，也叫道不同不相为谋，不过天下大道，和而不同，各自安好即可。

人的灵魂包含了很多东西，个人的思想、意志、价值观，等等，还有与生活息息相关的感觉、性格、灵魂所展现的，吸引人的注意的行为，行为举止需要更加谨慎。在儒家思想中，孔子主张仁和义，孔子著有《论语》，在《论语》里，孔子用"仁"这个字时，已经不仅仅指特定的品德，而是泛指人的德性。在《论语·颜渊》中提到："己所不欲，勿施于人。"这表示人们需要在客观条件下，充分考虑别人的感受。人应该在这个世界里找到属于自己的灵魂。因此很多时候大家都提倡提升自我，他们认为提升自我是修养灵魂的最好方式，比如说我们可以多看书、多运动、多思考，在不同的环境里也一样，比如在科学的探索中，可以是多研究、多探索、多创新，在文化的环境里可以是多创作、多创造、多动手，又或者可以科学地来做一段长久的计划，并付诸实践。敢于实践是一个良好的开始，"实践是检验真理的唯一标准"，有些东西必须是要验证过，才能知道是否真的符合客观规律和事实。而这个过程可以是提升自己的过程，也可以是验证科学实验的过程，无论如何，找到属于自己的最好方式去改变和提升，这是最直接有效的方式。风格是心灵的外现，如果没有方向，可以先模仿再创造，但如果能找到属于自己的风格则不需要模仿，因为模仿是一种刻意的行为，始终会因为不属于自己而失去原有本色，最终得不偿失。如果是属于自己风格上的模仿，这样的模仿反而恰到好处，甚至会让自己更上一层楼，这个时候见别人也是见自己，这样也可以更快地找到了自己。风格应该是客观性的，在其表达上，风格更多的是属于一种对白，当然其中会有很多问题，包括准确性的表达或者说是言语的安排，一旦属于自己的风格产生了，便会带来与之相关的效应，比如他的行为、影响等。

文学的暗喻可以让灵魂相互交织，可以通过阅读他人的作品而对其作出评价。如李白的《关山月》"明月出天山，苍茫云海间。长风几万里，吹度玉门关"，豪放洒脱的文学气息不禁跃然于上，诗词是他的文学底气，也是他风格最好的展现。又比如，他在《将近酒》中豪迈地写出："君不见黄河之水天上来，奔流到海不复回。君不见高堂明镜悲白发，朝如青丝暮成雪"，充斥着作者满满的浪漫主义情怀和对生命的热情。而文学的暗喻体现，我们不仅只是看到李白的豪迈洒脱，在历史上的伟大文人身上，他们均有所展现。他们的文学造诣只是让自己的情感表达显得更加真切,岳飞在《满江红·写怀》中写出了他对人生的感慨:"莫等闲,白了少年头,空悲切!"表达了岳飞收复失地的决心和捍卫国家荣誉的报国之心。三国曹植也是一位伟大的诗人,他神采风貌,形诸虚构,他写了一篇《洛神赋》,在《洛神赋》中他这样描述洛神:"其形也,翩若惊鸿,婉若游龙,荣曜秋菊,华茂春松。髣髴兮若轻云之蔽月,飘飖兮若流风之回雪。"语言华美,情感丰富,使得洛神的形象神秘而浪漫,给人强烈的艺术感染力。文学的暗喻已经不仅仅在于表达诗人自己的情感方式,更深一层的文学形态,可以虚构出一个难以企及的灵魂人物,这也是文学造诣的最高境界。

人的灵魂意识需要有目的性。当一个人的灵魂有了意识,他知道自己能在什么样的条件下可以做什么的时候,这个时候所做的事情往往更具有目的性,人在做一件事情的时候,往往需要想清楚自己想做什么,有什么样的目的,应该怎么去实现,这个过程需要考虑什么因素,等等,这些过程都是为了实现一个目的。首先是自我的思想,在遇到一件事的时候,自我的思想起主导作用,他们往往会想一件事情的发展初衷,这件事情到底是如何演变的,还应该要怎么去解决,遇到事情的时候,脑子里或许就应该有初步应对的策略和步骤,当然如果脑子很乱的情况下就不要做决策了,或者最好是什么都先别做。其次是环境，周围的环境对人会造成很大影响，这些影响对人极其重要，通常环境也会改变人的行为，环境的影响通常包括几个部分，其中包括环境的资源成分、人为行动的一致性、地点的局限性等，当牵涉到环境的影响时，人们往往受环境的条件限制而难以做出更进一步的决策。最后是经验，当一个没有经验的人去做一件事的时候，他往往做得比那些有经验的人差，最主要的原因是，当人们面对一件新鲜的未知事物时，往往会来不及多思考那些应对的策略，又或者是说未知给人带来一定的压力，在这种情况下，手忙脚乱或者稳不住阵脚都是见怪不怪的事情。经验可以提高一个人的综合能力和意识水平，而这是需要付出时间去不断经历和获取。

  人的灵魂展现的是从内到外的心智。当一个人与一群人打交道的时候，相互之间不可避免地要进行交谈，这个时候有两种交谈方式，一种是直率畅谈，比如，在与好朋友促膝长谈时他们会选择真诚。另一种是隐藏自我不露锋芒，即藏智。藏智其实也是一种智慧。与同辈交流，他们则应该藏智，这也是一个人内心成熟的体验。人的灵魂展现的是从内到外的心智，一个人如果能够忍受一段黑暗的时光，不失信念，那么他便会有机会再次前行，当环境对自己不利的时候，学会收敛自己，改变自己，提升自己，积蓄自己的力量，等待时机，有句话这样说："人可以被打倒，但是不能被打败。"这也是一个人所坚定的灵魂。这取决于个人由于先天条件和后天因素影响，特别是后天因素的影响，由于外在环境占大多数，所以外在环境的影响更加重要。还记得一个"卧薪尝胆"的故事，相传越王勾践战败后被人羞辱，他只能暂时寄居在夫差身旁，因为战败的原因，他在夫差面前表现得十分谨慎，他知道自己所处的位置，他一直真诚地对待夫差，他的真诚也打动了夫差，使自己最终有机会回到越国，一雪前耻，为了磨练自己的意志，他每次吃饭前都要舔尝苦胆，他用这样的方式来警醒自己不要忘记曾经的失败，这也是后人所传颂的"卧薪尝胆"。"卧薪尝胆"的故事告诉我们，大丈夫能屈能伸，自己能保持一个坚强不败的心志才是关键。而能屈能伸，其实也是夫差的内在"灵魂"。

第二章　关于因果

第一节　因果

知因果可以明教训。因果过程包括原因和结果两个部分，原因是指引起另一件事发生的条件，而结果是被由某种现象引起的现象。它们普遍存在于自然界和现实生活中，各种现象之间相互影响、相互作用，从而导致结果的产生，在哲学、心理学、物理学领域，因果关系贯穿并影响着这些领域的整个过程。在因果关系中，原因总是先于结果，这是一个基本特征，原因和结果之间也存在必然联系，当原因出现时，结果不可避免地产生。因果关系往往依赖于一定的条件，在不同条件下，相同的原因可能导致不同的结果，在马克思主义哲学里，因果关系被视为对客观世界的普遍联系，反映的是客观事物的相互作用，认识这些相互联系关系，可以更好地帮助我们认识世界，预见事物发展趋势。我们在一般情况下可以通过观察现象来判断因果关系，当然我们也可以提出一个假设，如吸烟会导致肺部疾病的产生。这个过程可以通过统计方式来分析两个变量是否存在相关性，如果吸烟和肺部疾病具有统计的相关性，则可以证明两者之间存在因果关系的初步痕迹，这个过程需要排除遗传因素、环境暴露等其他影响结果的变量。随机对照试验是证明因果关系的黄金标准，因为它可以控制其他变量，确保观察的效果是由实验干预引起的。当我们得出吸烟与肺部疾病的产生存在一定的相关性这样一个结论，这个时候我们需要衡量自己是否有这样的习惯，以及是否能承受这样的习惯可能会导致的结果。

因果也具有惯性。当一个人做一件事情成为常态，无形中也会形成了一定业力的惯性。如果有一天这个人突然间无缘无故地想不做了，那么这个业力的惯性将会持续的在表现。比如一个被雇佣的理发师如果某一天需要请假，那么那天本该属于他干的活，理论上他应该是要被安排去做的，或多或少。在请假的前一天，老板或者主管或许就会安排他负责接下来所有顾客的生意，或者等假期回来之后，他就应该把之前拉下的工作量补回来。这个业的惯性如果突然中断就会引起周围的人注意，甚至是造成环境的相对变化，这种变化就是中断所带来的果，而这种果就是当事人去承担适应和缓解的。这种因果关系在生活当中非常常见，也是生活中的一部分。

哲意

表演就有真实的戏份在剧本中，真实的生活也有一定的戏份在里面。拍摄一部电影，整部戏的主要内容就是电影要传递的价值观。而剧本的演绎，往往反映了一些过往现实的故事，或者当前真实发生的事情。当然它也可以是虚构的，幻想发生在不久的将来或者超出预期的非科学可能性，但一旦超过了预期，观众买单的可能性就会变成一个不稳定的概率，因为不是所有的观众都能接受超出预期的表演。我们常说一个人真诚善良，往往会给自己带来好运，其实，一个人戴上面具之后，才是真实的自己。当一个人戴上面具之后，没有去做出格的事情，也没有去做损害社会和国家利益的事，这样的人就是一个明辨是非的人。当一个人过着很艰苦的日子，他再去选择戴上面具，像一只青蛙一样蹦蹦跳跳，去讨人开心，那他就是一个十足的乐观主义者。在往后的岁月中，别人一定也会给他带去温暖，因为在这个世界里，生活不会亏待任何一个热爱它的人。但是如果他戴上了面具，露出了邪恶的本性，去破格获取，去破坏伤害，不考虑别人的感受，甚至去掠夺别人的东西，那么这个面具下之下的那位，在掠夺的时候，失败往往就注定成为定局。生活中的剧本，是我们每个人共同参与的，或许每个人都能看见，也有人更清楚这个世界最真实的样子。

人的一生都在和自己做斗争。出现问题和冲突时，很多人都觉得应该反省自己，从自身找原因，外界环境也有一定影响。但大部分原因都是由于人所产生的。儒家的理想主义思潮中，孟子把人比作一种政治动物。在政治上，孟子提出了"民为贵，社稷次之，君为轻"的民本思想，主张以民为本的政治思想，关心民生，施行仁政。孟子还倡导仁政学说，注重统治者的道德修养品性，注重"解决民生之苦"的基本问题。孟子还认为人性本善，人生来具有恻隐之心、羞恶之心、恭敬之心和是非之心，这"四心"也是所谓的仁、义、礼、智，即人性四端。《孟子·尽心章句下》中有"人皆有所不忍，达之于其所忍，仁也；人皆有所不为，达之于其所为，义也。"这句话也是孟子对仁和义关系的深刻理解，认为人应该从内心的根本上发扬善良和正义，这也是解决自身问题的根本之道。人生的苦在于执着，人生难在放下，一念放下便是重生，一念执着万般皆苦。和伤害你的人去较真，最终受作的可能还是自己。不要试图去赌一个人，每个人有每个人的功课，每个人都有每个人的局限和许多外在因素，在这种局限条件下，个人无法承受更多，人都有自我认识和自我行动的局限性，很多人认为你是错的，但你未必是错的；很多人认为你是对的，但你也未必是对的。这是一个过程，只要不违背自然规律、法律条件，那么无论对错，这里都不过只是一段因果旅程，很多事情尽力就好。老子《道德经》中说："清净为天下正"，认为最完整美好的东西有残缺，但作用不会衰减；最充盈丰满的东西有空虚，但作用却是无穷无尽。清净能克服扰动，寒冷能克服暑热，行动上能顺应自然规律，便可达到和谐与平衡。在世界上，没有人会有一段十分完美的旅程，只有自己清楚自己身边到底发生了什么。

第二节　过程

一个连续的过程。从常规的表象上看，因为时间存在使得当下处于一种相对平衡又无法绝对平衡的状态，因而事情总是持续而长久地发生变化。至于他为什么会这样，那是因为你这样，星云大师曾说过："今生所受，前世所作。当下所做，未来所报。欲知未来果，今生作者是。"人生会留下许多遗憾，这些遗憾可能对于人们来说可能是一种美好，有时候也会给人留下无尽的遐想。对此我印象比较深刻的是一部叫《神话》的电影，电影讲述一段跨越千年的爱情故事，有一位考古学家，他发现了古代将军的墓葬，并揭开了一个古代将军和公主之间的凄美爱情故事。秦始皇的御前大将军蒙毅,奉命率领大军前去迎接朝鲜公主玉淑,迎送的队伍相遇后,文官宣读圣旨,玉淑被封为大秦丽妃,随即朝鲜卫兵接送圣旨端送给马车内的丽妃,刹那间,一支利箭穿透圣旨,射杀了卫兵,想要阻止联姻的,正是定亲的朝鲜将军,为了追回自己所爱,不惜与始皇帝为敌,一场大仗就此展开,然而寡不敌众,玉淑公主掉入深渊,蒙毅在危急关头,也一下子跳下去。忽然一个叫杰克的年轻人从梦中醒来,原来这是他的一个梦,同一个梦境已经困扰杰克多年,梦中容颜脱俗的玉淑公主让他神魂颠倒,这也使得他对秦朝古物着迷,随即前往秦都西安。在郦山上,杰克跳进峡谷的瀑布之中,情景恍如梦境,一条通往悬浮天宫的隧道,梦寐以求的玉淑公主活生生地出现在杰克面前,守候了千年的玉淑公主,终于等到了蒙毅将军回来找他。

然而故事里的反派古先生和他的随从也借助高科技仪器尾随到来,古先生竟想要武力接管天宫,当长生不老的皇帝,随即又展开了一场搏斗,最后古先生被守护玉淑公主的随从南宫彦拉下一起掉进万丈深渊,在天宫将要坍塌之际,杰克与玉淑公主再次分离,杰克借助浮力穿过隧道弹出洞外,掉进水潭之中,当他醒来,发现自己被冲到了石滩之上,六个月后,杰克写了一本书《神话》。至此，我对神话这部电影的最大感受就是，杰克虽然是当年蒙毅的转世，但早已不是当年的蒙毅，玉淑公主也明白杰克虽然像蒙毅，但不是蒙毅，最终的结果是杰克和玉淑公主分离，这也是无法改变的事实，所以结局是有一点遗憾。这部电影所讲述的故事，是一段跨越千年的爱情故事，在这段故事里，这些因果关系也跨越了千年，持续不断，无法停止。

大鹏与小鸟。《逍遥游》是《庄子》的首篇，体现了庄子伟大的哲学思想。其中《逍遥游》中的"大鹏"是篇著名的寓言故事。故事中大鹏是一种巨大的神鸟，其展翅如同云朵般宽阔，能飞翔于九天之上，象征着自由和洒脱。庄子借大鹏的神话形象表达自我对逍遥自在、超凡脱俗的精神向往。《逍遥游》中是这样描述的："北冥有鱼，其名为鲲。鲲之大，不知其几千里也。化而为鸟，其名为鹏，鹏之背，不知其几千里也；怒而飞，其翼若垂天之云。是鸟也，海运则将徙于南冥。南冥者，天池也。"说的是北海里面有一条鱼，它的名字叫作鲲。鲲非常大，不知道有几千里。鲲变化成鸟，叫作鹏，鹏的背部有几千里长，当它直飞而起时，翅膀就像挂在天边的云彩，海水运作时就要迁徙到南方去，那里是一个天然的大池子。这里说大鹏的翅膀虽如垂天的云彩，能飞跃海洋到达遥远的南冥，由于巨大无比，超越了自我的局限，也是超越世俗束缚的象征。但与小鸟生来本性不一致，小鸟也有小鸟的轻盈自在的特性，小鸟或许也不需要翔于九天之上、过南冥之海，大小的关系或许没有绝对的对立，争一时的气势，决一时的胜负，可能劳神伤智，强求一致没必要。

理解事物深层逻辑，洞察自我认识缺陷。达摩祖师曾说："看那看不见的东西，听那听不到的声音，知那不知道的事才是真谛。"在高山之上，氧气会慢慢变得稀薄，人或许就失去了那种在山下想呼吸就呼吸的自由，因而对于在高山之上的人们来说，毫不起眼的空气都变得越来越重要。在园区里，山上可能没有水，由于运输的局限性，水这时候需要通过人工搬运上山，那些从山下运水到山间、山顶的人付出了时间和精力，水的价值也随之增加。所以你到了一个地方，见了一些和以前一样的东西，价值却已经发生改变了，这个时候，不必感到惊奇，多想想背后的逻辑和原因，慢慢就会得到不同的答案，凡事不能只看表面，事物的内在本质也需要洞察，即不可见、不可听之事物的感知，最好的觉察我认为是对超越物质世界的认识，通过感官不能直接体现但可以通过直觉、思考、精神实践感知。在个人层面，洞察自己的不足才是自我进步的根本。《汉书·董仲舒传》："自见者不明，自是者不彰。"不能只看到自己的长处，短处也不能忽略，客观理性地看待自己和觉察他人。西汉时期有两位同窗，分别是胡常和翟方进，他们一起学习经书，后来胡常当了官，但学问不如翟方进，对其十分嫉妒，经常在别人面前议论翟方进各种不好，后来翟方进知道了这件事，没有生气，反而在胡常给人讲课时，经常派人去旁听，向胡常请教书中的问题，一直持续了很长时间，后来胡常明白了翟方进是有意推崇他，于是心中感到惭愧，进而改变了以往的做法，在各种场合也不断称颂翟方进。《左传·宣公十五年》："自伐者无功，自矜者不长。"一个自夸的人不会取得真正的成就。谦虚谨慎才能不断取得进步。

第三章 关于影响

第一节 平凡与伟大

一个伟大的公司不仅可以实现盈利,还能赢得人心。这句话是我在一本杂志上面看到的,这个论断非常符合当下的社会发展潮流,在物欲横流的时代,人们追求利益至上,甚至一些公司在追求利益最大化的时候,常常会忽视员工的感受。而有些公司不仅可以做出伟大的产品,也有着享誉全球的影响力。史蒂夫·乔布斯(1955~2011年),生于美国旧金山,美国发明家、企业家、美国苹果公司联合创始人,是美国历史上最具有传奇色彩的商人之一。他先后推出了麦金塔计算机,iMac、iPod、iPhone等系列电子产品,深受全世界欢迎。2007年,iPhone智能手机问世带来了不可复制的成功。他曾在斯坦福大学就读,斯坦福大学是一所贵族学校,由于父母属于工人阶级,他的学业几乎花掉了父母一生的积蓄。后来,他找不到继续念大学的意义,于是做出了退学的决定。他曾说，这是他一生中最正确的决定之一。能遵循自己的好奇心和直觉前行是一件正确且快乐的事。退学后，他选择学习书法，在这门课上，他学会了"serif"和"sans serif"两种字体，也学会了字母组合和改变字间距，使得这些字体更加美观。在后来设计 Macintosh 计算机时，乔布斯把这些字母样式全部运用于设计理念中，于是就出现了第一台可以排出美观漂亮版式的电脑。

顺应自然也是一个独立的过程。顺应自然往往意味着事情的发生全部由外在的因素所驱动，这意味着个人需要承受更大的挑战。庄子在《逍遥游》中说道："若夫乘天地之正，而御六气之辩，以游无穷者，彼且恶乎待哉？故曰：致人无己，神人无功，圣人无名。"这句话的意思是，如果能够顺应天地自然的规律，驾驭六种自然气象变化，在无限的空间里自然而然地游荡，这样的人还需要依赖什么呢？所以说，至高无上的人没有私欲，不追求名声。能做到顺应天地自然的规律，不依赖太多的外在因素，这意味着一定程度上需要真正做到无"靠"。在传统观念上，"靠"体现着人情与亲情的重要，比如在家靠父母，出门靠朋友，还有一些日常生活中的文化现象，比如部分人认为，养儿就是为了防老，这些文化现象的背后，一定是由某种观念产生的。在一个家族中，一旦"靠"的人多了，无"靠"的长辈就会背负整个家族的命运。在时间的冲刷下,整个家族就会发生很多变化,如果发生一件事情,无"靠"的长辈没办法处理这件事情,那么事情的发展可能就会一发不可收。所以一个家族中应该出现多名有才干、有能力的人去帮助和辅助长辈做出一些决策,这样一来家族的兴衰命运才能掌控在自己家族手中,这也意味着他们需要承受更大的挑战,毕竟外在的因素更加复杂和多变。

人最好的状态,不一定要做轰轰烈烈的事情。在这个大世界里,人不过是过客,有些人默默无闻,有些人闪闪发光。而有些人游荡在这世间无非是想看看别人如何生活,他们好像是在守护着什么,或者是在观察着什么,毕竟这样那样不可思议的事情实在是太多了,所以他们试图去寻找答案,也试图想要知道别人的答案。加泽是一位大学生,他曾经到贵州旅游,他记得是那时候和他朋友一起去的,大学期间有很多假期,那会儿他们就开始规划着出行,他们利用假期着手做攻略,确定好路途,就开始出发了,他们第一趟是去的贵州,贵州有著名的黄果树大瀑布,还有源自蚩尤时期的原始部落——西江千户苗寨。去之前他们就已经做好了安排,由于确定的景点都在不同的位置,他们不得不游览完一个景点再打车去另一个景点。黄果树瀑布景区有大瀑布、陡坡塘、天星桥三个景点,各具特色,三个景点连在了一起,它们组成了一个山与水的童话世界。加泽在恋恋不舍地观赏完黄果树瀑布景区后，便开始前往西江千户苗寨，到了苗寨，这里独一无二的烟火气息深深地吸引了加泽，晚上黄色的灯光映射的是人们在准备夜市繁景，在苗寨里，有很多特色小吃，特别是当地的烧烤，烤土猪肉还有其他各种各样的食物，加泽和朋友几乎尝遍了那里的美食，一些当地的商家，热情且善良，一直在做指导和讲解，他们也一直在景区里卖东西，有些商家甚至做了几十年，他们在当地居住，很多都打算一辈子在这里做点小生意。这让加泽深有感触，他觉得有时候人的选择很简单，能混口饭吃，有点自己想做的事就已经很好了。这些商家有机会给外来的游客做一些自己的特色食品，或者给游客提供不一样的风味。游客能体会当地不一样的文化风情，这也算是为他们所遇见的朋友而付出，所以游客能感受到一个地方温暖的底色。人们喜欢那些有烟火气息的地方。毕竟具有烟火气息的地方，是温暖和祥和的。所以加泽觉得，人最好的状态，不一定是要做轰轰烈烈的事情，而是让自己有一件喜欢做的事。

一个人精神的世界越丰富，赋予个人的价值就越大。一个人的精神世界，可以很丰富，但仅仅代表个人。鲁迅先生是新文化运动的领袖，他写过这样的诗句："横眉冷对千夫指，俯首甘为孺子牛。"在鲁迅先生受到旧势力的围攻时，他没有退缩，不随波逐流，保持独立和批判精神，依然坚定反封建的信念。他的精神，鼓励着无数的热血青年。鲁迅先生一生在文学创作、文学批判、思想研究，以及历史理论等多个领域有着重大贡献，鲁迅精神体现了一种坚韧的品质，在面对困难时不屈不挠，勇往直前，这在当代社会有着重要的启示作用。通过学习鲁迅精神，我们可以增强文化自觉和文化自信，凝聚力量，团结奋进。一个人的精神就是这个人存在的价值，但是鲁迅先生的精神，不仅赋予了他个人价值，还为其他人赋予了精神价值，产生了巨大的影响力，也为整个社会带来了巨大的进步，这也是文人风骨的伟大之处。

第二节 人生的改变

当你非常努力地往一个方向走的时候，发现心有余而力不足，请马上回头。人不应该轻易地放弃做一件个人认为有意义的事，但应该慎重而清楚地认识到这件事是否真的适合自己去做。我认为选择是自己的事，尽管外界会向当事人传递各种声音，但最终的决定权还是在自己手上，决定了就不要后悔也不要抱怨，否则终将毫无意义。我记得在"百家讲坛"上，毕淑敏老师在某一期节目中讲到关于人生意义的问题，她认为，人生本质上是没有意义的，但是每个人应该为自己确立一个意义。毕淑敏也强调得很清楚，她说："别人赋予你的意义，如果没有内化为自己的信念，那么这个意义永远是外在的。"她提到，即使是在哈佛大学，也有很多学生未能在青年时期确立自己的目标。她通过自己的观察和阅历，鼓励人们去思考并确立自己的人生目标，即使这个目标会随着时间和经历变化。但她依旧认为，人们应该在认识到人生没有固定意义的基础上，积极地寻找和创作意义，这样的生活才是值得的。

创业多次亏损和失败了才知道自己的方向不对。对于创业者来说，创业的战略定位至关重要。抓住创业机会需要具备多方面的专业知识，但是前路漫漫亦灿灿，很多路是要自己走的，有时候前面没有路还要自己闯出一条路来，也不知道会有什么危险在等着，也不知道路终点是在什么地方，又或者说这是一条没有终点的路途。这个过程可能充满了挑战和困难，但还是需要坚定的意志和强大的内心。创业之路也并非一蹴而就，需要经过不断的努力尝试和探索，在面对竞争对手的攻击时，还需要保持相对的冷静。抖音、今日头条的创始人张一鸣是我们熟悉的一位创业者，他的家庭背景相对普通，但父母对他的教育和成长给予了极大的支持和鼓励，张一

第三章 关于影响

鸣毕业于著名的南开大学，在良好的专业教育基础上培养了自己对技术的热情和创新精神。他早期曾在微软工作，但他意识到大公司的环境可能不适合他，于是选择了离开。张一鸣创办的第一家公司是99房，一个类似于贝壳找房的平台，但该项目并未取得成功。2006年，张一鸣成为酷讯的工程师，主要负责搜索研发。凭借着自己的技术实力和创新能力，很快便成长为公司技术委员会主席。在此期间，他带领团队实现多次技术创新，包括垂直搜索引擎的优化等。2012年，张一鸣创立了字节跳动，开启了互联网行业的新篇章，第一款产品"今日头条"，问世后即十分火爆，本人其实也是今日头条的忠实用户。后来在先进算法的技术加持下，张一鸣推出了多款产品，如抖音、TikTok、懂车帝等，在全球范围内产生了深远影响。尽管在字节跳动成长的过程中，遭遇了来自社会和行业的质疑，但是他勇于面对。他认为："技术是解决问题的最佳工具。"因而在字节跳动公司内部，他以身作则，鼓励员工不断尝试新鲜事物，即使面临失败也不放弃。不仅如此，在他创办的公司里，他还考虑到上下级关系的平衡性，甚至经常与员工一起在饭堂吃饭。他更提倡员工应具有更多的发散性思维，鼓励员工有更多的创新性想法，或许在大家的观点中，有更好的机会和方向。

人应该具有一定的批判精神。如果说孔子对诸子学说持尊重与包容的态度,而墨子则对诸子持批判态度,墨子是一位充满战斗精神的布道者,反对当时的传统典章和各种理论,有自己的哲学中心思想,主张"兼爱""非攻",强调天下所有人应当不分高低,彼此相爱。墨子的批判精神在当时是颇具争议的,他的观点与儒家等学派形成对立,然而正是这种精神,推动了中国古代哲学的发展。不仅如此,在中国古代哲学流派,道家反对名家,名家被道家继承。道家以老子、庄子为代表,主张的是"道法自然""无为而治",强调顺应自然规律和内在本性。名家则是以公孙龙和惠施为代表,强调对名与实、概念与存在之间在逻辑与辩证关系的探讨。《吕氏春秋》中提到邓析、公孙龙等人,主张"言意相离,言心相离"。惠施则是强调现实的相对性,公孙龙则强调名的绝对性以及事物的独立性和排斥性,其在《白马论》中强调"白马非马,坚白分离。"庄子虽然对名家思想有批评,但并不完全排斥,道家对名家的一些辩证和分析方法有所吸收和借鉴,而名家则过于侧重逻辑。道家和名家在思维方式上都表现出了非凡的想象力和智慧,不受传统思维束缚,从事物的本质和存在方式上进行自由探索。所以批判精神的存在,让社会在持续不断地发展着,这或许也是社会进步的根源。

第四章　用心见心

第一节　用心

其实每个人的心中都有自己的方向。我们不知道明天会发生什么，或许在生活中会遇到一些不如意的事情，比如挨骂、工作不如意、情绪低落，等等，也有一些烦恼与不幸，比如生活上遇到麻烦、家里催婚、父母生病，等等，人生似乎是一段没有尽头的旅程，遇到这样那样的事情，好像就是无法避免的课题一样，当然在人生的旅途中我们也会听到许许多多不同的声音，在这些异见和建议的影响下，很难作出正确、合理的判断，也很难去坚持，所以有时候人很辛苦，他们会漫无目的地游走，又或者说撞了南墙才回头，生活就是这样充满着未知，人会迷失自己的方向，看不到希望。因此坚持自己心中的"方向"，将会变得更加困难和珍贵。李嘉诚是一位有远见的商界精英，在取得巨大成功后，他依旧朴素低调，毫不懈怠，李嘉诚出生于广东省潮州市潮安区，年幼时父亲去世后，便辍学养家糊口，16岁去跑堂，17岁当五金推销员，22岁创办长江实业集团公司，并于1972年上市，39岁时香港地价暴跌，他大举进军房地产，并取得中环地铁站、金钟地铁站等项目的开发建设权，1978年与汇丰银行合作，购入黄埔股权，业务进一步扩展。1992年进入内地产界，2000年开始收购英国公共产业，涉足电力、燃气、水务、电信等领域，多次入选最具影响力华商人物、全球最具影响力人物排行榜。他曾说："人生没有答案，命运没有给他选择，因而成了现在的我。"人这一路上，总会受到很多质疑，但只要朝着目标前行，总有一天，人们会发现他是对的。

盛衰无常，强弱安在。有这样一则故事，在中国汉朝年间，为了鼓舞军心，汉文帝亲自到军营慰问将军，路过军营大家都是夹道欢迎，唯独到了周亚夫的军营却被卫士拦住，说是要通报才能进营。汉文帝并没有因此而生气，还夸赞周亚夫乃真将军也。因为这件事，汉文帝去世前一直强调周亚夫是一个好将军，让景帝放心任用。汉景帝三年（公元前154年），发生叛乱，史称七国之乱。汉景帝任命周亚夫为太尉，领兵前去平定战乱，周亚夫用不到三个月的时间，就成功平定了叛乱，也是因为这一次平乱，周亚夫与梁王刘武产生了隔阂。后来景帝继续任命周亚夫为丞相，这也是他人生的巅峰时刻。

然而，世事无常，很快他因废太子刘荣的事惹得汉景帝不快，所以景帝开始对他有一些疏远，梁王成天也在窦太后跟前讲周亚夫的坏话，太后也不太高兴，后来因为封侯的事，周亚夫和汉景帝对着干，还因为这些事赌气，辞官。后来，汉景帝宴请周亚夫，但不给周亚夫筷子，想让周亚夫有所收敛，然后继续辅佐少主，然而周亚夫一见筷子没了，急了。汉景帝笑着对周亚夫说："这顿饭不合你心意吗？"周亚夫听后是羞怒不已，不乐意跪下向汉景帝请罪。汉景帝刚说一个起字，话音刚起还没落，周亚夫立马站起来，拂袖而去。此时汉景帝也忍无可忍，很快周亚夫的儿子私自购买甲盾作为父亲葬器的事，被人以谋逆的罪名告发，周亚夫不服，以绝食抗议，最后呕血而死。人与人之间会常常会有很多变化，如若之间的交往往往取决于自己的态度，如果一个人有着明确的态度，对待上下级关系能做到正确处置，这样才能减少灾祸发生，毕竟人的一生盛衰无常，我们需要学会谦卑。

在努力的基础上，还需要再用心。东汉末年，朝政腐败，连年饥荒，刘备为谋一番大业，与关羽、张飞两位有志之士结拜，三人情投意合，选择张飞的庄后桃园之地结拜，此时桃园花开景美，张飞准备了青牛白马作祭品，三人按年岁做了兄弟，关、张从涿州起便随刘备闯荡天下，三人曾寝则同床，恩若兄弟。后来，关羽被

• 031 •

曹操扣压，曹操厚待关羽，想打动关羽，将其留在自己身边，但关羽坚决表示要回归刘备，声言"誓以共死，不能违背"。作为儒家"五常"之一"义"的代表，桃园结义的故事一直被奉为美谈，传承至今。除此之外，刘备还特别重视人才，为请诸葛亮出山，曾"三顾茅庐"，矢志不渝。诸葛亮两番推辞，仍敌不过刘备盛情相邀，终被感动，答应出山辅佐。后成为蜀汉名臣，以"鞠躬尽瘁，死而后已"誉满天下。

不仅如此，刘备还礼遇张松。相传张松被曹操赶出西教场后，羞愧难当，本来打算将西川之地献于曹操，但反而遭受曹操的羞辱，于是便打算将西川献给刘备，前往荆州。刘备则宽容大度，派遣大将赵云前去迎接，还设宴款待，张松感动不已，将亲手绘制的地图献给刘备。刘备对人才的重视，以及待人的厚道使得其深得人心，招揽了一批英雄名士追随，为后来的"蜀汉中兴"奠定了坚实基础。

第二节　见心

在《月亮与六便士》中，有这样一句话："月亮是头顶的理想，而现实是脚下的六便士，如果你选择追月，渐渐地你就会飞起来。"六便士重要还是头顶的理想重要,这个问题很难具体衡量,当我们在为生活和现实的压力而感到苦恼时,六便士则是举足轻重的,当我们为自我的理想而前行时,眼见脚下又尽是碎石,路途尽是坎坷,还能飞起来吗?不知缺陷与特质、潦倒与伟大、卑微与善良、仇恨与热爱,是否可以不排斥地共存于一颗心中。似乎没有人是一个完美的个体,即使是做一件事也无法真正做到十足的准备,你的善良或许会在路途中变成邪恶,你的理想或许会在路途中变得模糊,生活会对人造成深刻影响,当理想与现实发生了矛盾,直到遇见一个完全不一样的你,这时候你才恍然大悟,原来与过去的自己告别,才是成长,为了六便士而放弃了曾经的理想,这也是很荒唐。走得太快了,如果不回头看一看,想一想自己所处的境地,慢慢地可能就会掉进无尽的深渊。宇宙的大小取决于自我的内心,或许每个人都是一颗星星,它是否闪耀其中,完全取决于自身,当你在夜晚抬头的时候,你不仅会看到了月亮,你也将看到自己。月有阴晴圆缺,就好像你无法时时刻刻做到给人留下最好的一面,因为人总有坏习惯、坏脾气,在不喜欢你的人眼中,这些东西会被放大,在喜欢你的人眼中,他们看到的不只是这些,还看到许多优点。人需要包容自己,宽恕自己,才能让自己放下期待。无论生活如何变化,保持信心，这样的你才能在黑暗的日子里找到属于自己的一束亮光，找到属于自己心中的那颗星星，那些经历过低谷的人，在面对事情不好的一面的时候，他们都是依然坚持着，对自己做的事情保持着充足的信心。

比尔·盖茨出生于美国华盛顿州西雅图，曾就读于哈佛大学，是微软公司创始人，2017年当选中国工程院外籍院士。比尔·盖茨读大学时，也有一些不好的坏习惯，经常逃课、不爱洗澡，等等，在校期间，盖茨就与他的好朋友斯蒂夫·鲍尔默共同为第一台微型计算机开发了BASIC编程语言的一个版本。比尔·盖茨不畏困难，相信自己，勇于开拓，凭着自己对于理想的执着追求，离开了哈佛大学，独自闯荡商界。在21岁时，和朋友艾伦创立微软公司，开创了电脑时代的一次又一次的突破，与IBM公司进行合作，出售自己的操作系统。随着技术的不断更新迭代，公司业务也越来越好，市场份额也逐步增多，这也不可避免地引来了众多竞争对手，它们虎视眈眈，欲与微软公司一决高下。当IBM离去，不与其合作时，他丝毫没有惊慌，淡定从容，一如既往地开创自己的事业。对手加以排斥时，比尔·盖茨也是顶着巨大压力，保持着充足信心，冒着巨大风险领航前行，不断提高自身实力和技术，最终战胜了对手。至今我仍然记得教科书上有着这样一幅图片，比尔·盖茨拿着一张光盘,坐在一堆巨大纸张上,光盘刻录的内容,正是这一堆纸所记录的内容。比尔·盖茨的成功让我们明白了,只要你相信自己,总会找到属于自己的道路。

除了生活,记住给自己一个简单的理想。尽管我们做不到像比尔·盖茨那样取得巨大的成功,但拥有一个属于自己简单的理想是没有问题的。爱一个人、爬一座山、走一次远路、尝一道来自他乡美食,简单一点,轻装上阵,充满自信地去走一段路,看一看路上的风景,见一见遇到的人,尝一尝生活的味道。三毛在《撒哈拉的故事》中写道:"生命的过程,无论是阳春白雪,青菜豆腐,我都得尝尝是什么滋味,才不枉来走这么一遭。"生活不应限于物质的追求,精神的探索和丰富的情感也值得尝试。在这篇散文中,三毛描绘了她与荷西在沙漠生活的爱情故事,其中艰辛也有乐趣,沙漠是荒芜的,没有很多水资源,沙尘暴也很频繁,在这些恶劣的条件下,生存就是一个巨大的挑战,有时候,还需要为生存而作斗争。尽管生活遇到挑战,但是作者并没有因此而抱怨,她总能在沙漠中找到生活的乐趣,广阔和寂静的沙漠,给了作者无限思考的空间,她与荷西一起探险、观星、与当地居民交流,这些活动为他们的生活增加了色彩,也让作者体会到了生命的意义。所以说,生活中每一种体验都在为生活增添色彩。在生活这个大舞台上，大家都在扮演着自己的角色，去做着自己该做的事情，有人认为人生不应该设限，它是一个广阔的舞台，在这个宽阔无边的世界里，我们需要找到自己心里的方向。也有人认为你想成为谁就该努力往你想成为谁的那个方向去发展，这才是最重要的。不管是哪种人生，都是我们的选择，我们应该有一种坦然无悔的心态。

第五章　目标尺度

第一节　尺子

尊重别人就是尊重自己。我经常听到一句话，就是你眼中的别人才是你自己。这句话很有意思，为什么我眼中的别人才是自己呢？为什么我眼中的自己不能是自己呢？我眼中的别人喜欢对自己进行评判，而我眼中的自己是自己对自己进行评判的，这种评判整体来说意义不大，个人尽管再优秀，只有得到别人的认同才能体现出大家认可的真正价值。所以你期待被别人认同吗？除此之外，在人与人相互认同的世界里，我们不得不提起这样一个词"尊重"。以前坐公交车的时候老是会听到这样一句话，尊老爱幼是中华民族的传统美德，对待上下级，我们最应该展示尊重，很多时候需要做好自己，提高自己的价值，这样别人才会尊重你，才能获得平等相处的待遇。也许每个人都经历过一个懵懂无知的时期，因为年轻时的气血方刚，做过一些不够冷静的事情，比如和别人发生争执，或斤斤计较，或疲于应对各种各样的考试、业绩考核，以及复杂的人际关系。在这个过程中，如果没有正确的心态，只能使自己处于负面情绪之中。所以一个人在想要得到别人尊重时，自己先把接下来所面对的事情认真对待，提升自己的生活才能和品德，这些才是属于自己最宝贵的财富，这也是自己生命中所具备的价值所在。

明辨是非，实事求是，是为哲人文化。明辨是非并不是那么容易，我们看待一件事情的时候，往往与当时的情况已经发生了脱离，当时发生的事情是当时的各种复杂条件下所产生，因而看待一件事情的本质，往往需要靠自己的明辨性思维。《礼记·中庸》中有这样一句话："慎思之，明辨之，笃行之"，生活中我们需要明白什么事情该做，什么事情不该做。有这样一个故事，很久以前，在文博居住的村子，村口有一所非常出名的小学，小学里有一位非常有智慧的老师，大家都对这位老师非常尊敬，老师善于明辨是非，能给到人很多合理的建议。有一天文博找到老师，心里很苦恼地说，老师，我的彩色铅笔被我隔壁桌宇航给偷了，但是他不肯承认，我该怎么做才能让他归还铅笔呢？老师安慰他说，你不要着急，我来帮你想办法。于是老师找来了宇航，温柔地说，宇航，我最近听说你捡到了一支彩色铅笔，真是幸运啊。

宇航一脸吃惊，连忙回答说，是呀，我是捡到了一支铅笔。老师接着对宇航说，这支铅笔可能是别人的，你应该把它归还，如果你不知道失主是谁，你应该把它放在讲台上，让失主自己来认领。这样做不仅可以让你得到好名声，还能让你自己安心。宇航听了老师的话，觉得非常有道理，于是把铅笔放到了讲台上。第二天文博在讲台上看到了自己的铅笔，他非常高兴，打心里非常热爱老师。他也明白了，需要用理智和宽容去解决问题，这个故事也告诉我们，在面对是非问题时，我们需要保持冷静，不妄自下定夺，明辨是非，实事求是，学会宽容理解，这样才能更好解决问题。

从一个空白的开始，如何能够取得一个理想的结果？一颗豆子被撒落进土地，当它成长时，它将面对雨打风吹，日晒雨淋。它如何才能取得一个理想的结果呢？当它好不容易长成一小株的时候，嫩叶又被虫子啃食，经过自然的选择，最终长成了一棵植株。从一个空白的开始，就像一颗不起眼的豆子，但同样的豆子却有着不同的命运，一种是被装进袋子里，拿去喂食禽；一种是被磨成面粉，做成食品；还有一种就是被撒在土壤里，让他成长，直到结出更多的豆子。哪一种才是最理想的结果呢？其实，每种命运都有它自己的结果，而理想的结果往往取决于自身选择，选择决定结果，至于是不是理想的，看自己如何看待自己的选择，是否后悔。在生命的历程里，如何自我定位至关重要，清楚自己的能力，才能实现人生价值，在瞬息万变的环境中进退自如，找到属于自己的位置，接纳自己，让自己变得有价值，人生才有意义。我记得隔壁村的宇轩曾经经营一家水果店，但是却被一场大火烧毁了，失去了店里所有的东西，不过宇轩没有放弃，他把烧毁的店收拾干净，腾出来的空地拿去抵押，又重新开了一家便利店，这一次，宇轩做好了消防安全措施，便利店经营得越来越好，生意也做得越来越大，宇轩开始投资国外市场，于是在东南亚开了连锁店，不承想遭遇了金融危机，他的连锁店被迫关门。后来他明白了，不能只投资一个地方，于是他便把资金分散投资，同步在全国各地开设店面，于是宇轩的连锁店进入了全盛时期。所以说，理想的结果往往取决于自己的选择，还需要不断地坚持，直至获得成功。

当下是一个小目标，未来是一个大目标。自己想做什么事情，想成为一个什么样的人，生活可能会往所想的方向发展，这就是当下的一个目标。当下只是一个小目标，这个目标可以是实现一个小愿望，比如考一次高分、做成一个小生意、读一本厚书、去走一段很远的路，等等，这些小目标都是自己人生中的一部分，一个人想要实现自己的目标时，总是会遇到各种各样的困难，这个时候就是要面对失败的时候，其实失败并不可怕，可怕的是我们没有足够的心理承受能力。假如自己心理承受能力足够，面对这些失败，我们可以将其转化成经验，也可以当作一次考验，让自己明白这是一次超越自己的机会，这样我们在下一次在面对同样的事情的，就不足以手忙脚乱，手足无措。而未来是所有梦想家共同向往的地方，那可以是一个理想国、伊甸园。不过理想始终是理想，大目标可能还需要很长一段时间才能得到展现。在人生的旅途中，总结经验，吸取教训，在任何时候都是有用的，接受失败才能看清成功的本质，从失败的教训中学到更多东西。正确面对失败，才能具备走向成功的素质和能力。山高路远，海阔天空。生活是一场马拉松，不能全程保持冲刺状态，有时需要合理地放慢脚步，还会见到更好的风景。努力实现当下的目标，等将来有一天自己能力足够大的时候，才能扛起更大的责任。

第二节　目标

向下清醒，向上低头，才会发现更大的世界。很多人经常吐槽抱怨说，做一些事情，老是会受到一些限制，比如生活的紧迫、有限的时间、体弱，还有这些那些突如其来的变化。最后还要不再相信这个世界，明知道有时候必须低头，也会有许多失去，有些东西也注定不能长久，最后才发现原来生活是这般的无奈，最终又不得不面对这些琐碎的、无聊的方方面面，这便是现实。或许世间最糟糕的情况就是失去希望，没有盼头。有一句话说得很好，就是我们应该看清生活的真相之后，依然热爱着生活。在电影《阿甘正传》中，阿甘因智力低下，学校拒绝他入学，她妈妈付出了巨大的代价才换来了儿子入学的机会，阿甘入学的第一天，班里的同学都视他为怪胎，只有一个女孩愿意接纳他，她就是阿甘生命中最重要的女人——珍妮。珍妮家里比较贫困，也是一个边缘儿童，两人因此成了两小无猜的好朋友，在珍妮的鼓励下，阿甘拼命往前跑，阿甘与珍妮的关系一直持续到高中。有一次因为躲避一群熊孩子欺负，阿甘意外地跑进了一所学校，甚至冲进了橄榄球赛现场，阿甘的跑步速度惊人，跑得比球场上的所有人都快，也正因为这次意外，阿甘开始了他不一样的人生。因为跑步速度惊人，他很快被教练相中，保送进了大学，成了风靡全校的橄榄球巨星，甚至进了全美明星队，受到肯尼迪总统的接见，后来又去做一名园丁。阿甘经历了世界风云变幻的各个历史时期，但无论如何，无论何处，无论和谁在一起，他依旧如故，淳朴善良。阿甘凭借着纯真善良和坚持不懈的精神克服了命运的不幸，并永远保持着一份对生活热爱，除此之外，还在默默耕耘、不断学习、虚心请教，最终获得别人认可。

顺境逆境看襟怀，大事难事看担当。生活中每个人似乎都有属于自己的一段难熬的时光，在这段时光中，我们在不断地在坚持和反思，在这个生活压力越来越大的世界里，不断地面对。尽管忙碌的生活已经成为常态，人们必须不停地努力工作才能不被社会淘汰，因此很多人不得不为了体面的生活放弃了自己大部分的时间，而有些人往往承受着巨大的压力，甚至还会遭遇人生中的一些逆境。他们在这种逆境的生活环境中，往往是承受了生命中不可承受之重，所以有时候那些休闲的生活可能会变得奢侈，我们可能无法在忙忙碌碌的生活中找到某种意义上的追求，所以我们只能保留着一颗心，我们依旧可以向往浪迹天涯，来一场远方的旅行，时间是属于自己的一条线，或许我们可以把生活看得平淡一些，在工作之余的时间里去做一些锻炼，来一次酣畅淋漓的跑步，去打一场篮球，听一首自己喜欢的音乐，去度过一段艰难的时光。生活也总是会遇到一些难事、大事，或许这个时候我们更需要和身边的朋友共同面对，以此得到鼓舞慰藉，或者经验。

心领神会，全神贯注。生活本就是喧嚣的，我们常常会感到心神不宁,难以集中注意力。特别是现代社会的快节奏和高压力下,大脑时刻处于紧张状态,手机、电脑、电视等各种各样的电子设备也让我们注意力分散,很难专注于一件事情。其实,专注是一个人最有魅力的时候。当我们全神贯注做一件事,我们会产生一种"心流",这是一种完全沉浸在某项活动中的感觉。在这种状态下,我们会对周围的环境浑然不觉,时间停止,自我消失,只剩下活动的本身,这种体验,可以感受到内心的平静、喜悦。在这种状态下,处理事情的水平和创造力都会得到很大的提升。这种状态一定是在有效选择的前提下进行的,选择一项热爱的活动,在专注的状态下,思维会变得清晰,也更容易找到问题的解决方案。如全神贯注地阅读一本好书时,我们会沉浸在故事情节之中,与人物产生共鸣,置身其中;又如放空身心跑步时,我们能感到身体的活力与力量,享受运动所带来的快乐。全神贯注这种状态非常宝贵,它不仅能提高我们的工作效率还能增强我们的自信心。可以通过专注的环境,不断地练习和尝试,掌握这种状态,让生活变得更加有意义。

给自己一个理想的世界。世界变化很快,我们也很难预测未来,个人通过不断学习和实践,提升自身的知识、技能和素质,为实现个人理想打下坚实基础。如今,我们再读《论语》,会惊讶地发现很多话语仍然适用,比如"己所不欲，勿施于人""三人行，必有我师"，这些话为我们提供了一些启示，教导我们如何在繁杂的世界中安放自我。通过自我的教化，可以葆有一个自然、真实、快乐的人性。孔子的"中庸之道"强调平衡与和谐，他认为这是个人和社会达到理想状态的关键。《北大凌晨四点半》一书中说，"如果你对所学的专业，目前的工作不感兴趣，你可以主动去改变。不浪费自己的时间才是对自己生命负责的表现。我们总是被告知什么才是收获丰厚的，于是就开始遏制自己内心的声音，去做那些自己不喜欢做的事情"。只有我们的内心知道自己想要做什么事情，跟随内心，去探索、学习和实践，这一过程是梦想形成和追求的基础。当兴趣转化为梦想时，它为个人提供了长期的目标和动力，这种持续性的追求有助于个人在面对挑战和失败时保持坚持的毅力，让自己在一个不完美的世界，实现自己的理想。

第六章　起心动念

第一节　心力

"应无所住，而生其心"是《金刚经》中的一句话，其含义是人应该不对外界世俗事物产生执念，心中没有挂碍，这里的"住"意味着对事情的执着和留恋，"心"则是指人的内心状态对事物的理解。在现代生活中，人的担心与矛盾逐步增多，担心事情不如预期，怕考不好试，恐惧结婚之后彼此不和谐，担心小孩学不好，做生意倒闭了，出了名没有隐私，对已获得的身外之物难以放下，功名、不公、过错、自责，等等，我们在生活当中，时时刻刻都有许多压力和挑战，如何保持内心的平静和清静，成了一个重要的课题。通过深入理解"应无所住而生其心"的内涵，人们可以学会放下对名利、物质的过度追求，荣华富贵如浮云，名利如镜花水月，万事只在变化当中，人不过也是这天地间匆忙的过客，保持一颗平等、平常的心态，不被外界变化干扰，顺境时珍惜眼前所有，逆境时坦然面对，化解困苦依然笑对人生，活得轻松自在，随缘而行，无住生心，通过修行和实践，在纷繁复杂的世界中找到真正的安宁和幸福。

心力起决定性作用。心力是内在的驱动力，是驱动自我前行的一种力量。在心理学上，它是一种被定义为认知能力和行为调节能力的表现，心力包含信念、动机和情感三个心理因素，它们共同个体行为的动机结构。心力的强弱直接影响个体行为，一个具有强大心力的人，即使是面对困难和挑战，也能不断采取行动、努力坚持。除此之外，一个心力强大的个体，往往能够更好地管理自己的情绪，保持积极的心态。如果做一件事情需要付出很多的时间，在这个过程中心力的重要性就更加明显，在工作中心力强的人能承受更大的工作压力，也能更有效地应对社会生活中的各种挑战。心力在领导决策过程中起到关键作用，在面对复杂和压力的情景时往往需要判断更多和做出更好的选择。邓亚萍是中国著名乒乓球运动员，连续八年排名世界第一，18次世界冠军得主。职业生涯中以超强的心理素质和顽强的意志力而闻名。在她的《心力》一书中，描述了作者多年来直面挑战的心理技巧，该书为我们带来许多人生启发，教导人们学会掌控心态、提升效率，打造强大的抗压力和意志力，帮助读者从容应对各种挑战。书中强调实力不是简单的能力积累，心力不足就难有精准的实力表现，无论是学习、工作还是生活，处处都有压力，都要接受生活的考验，要葆有坚定的心态。

不管顺境还是逆境，给自己一个良好的心态。顺境和逆境都是人生中常见的境遇，顺境的时候我们需要保持清醒的头脑和理智，稳步前行不犯错，推进自己的事业；逆境的时候我们需要坦然面对勇于接受，笑对人生，人生百年如白驹过隙，给自己一个良好的心态，笑一笑，没什么大不了。沃尔特·迪士尼是迪士尼乐园的设计师，在艺术方面很有造诣，也是一位杰出的企业家，起初他用1500美元创业，如今发展成举世闻名的世界500强巨头沃尔特·迪斯尼公司。在这个过程中，他成功解决了企业扩张后的人才缺失问题，以及公司的信任危机，在面对许多困境时沃尔特·迪士尼没有放弃，而是坦然接受，继续带领迪士尼公司渡过难关。创业初期，同时沃尔特·迪士尼正全身心地投入动画事业，一路的发展也不是十分顺利，也没有什么机遇，他的作品《小红帽》也没有在当时的动画界出类拔萃，直到《爱丽丝梦游仙境》上映，完全征服了当时的投资者，后来一口气签订了6部电影作品，还承诺以后继续签订合同，如果沃尔特·迪士尼没有在事业发展中取得一个良好的心态，就不会取得后来的伟大成就。如今迪士尼公司是好莱坞电影公司中唯一未被转卖过的企业,屹立百年,屡创辉煌。

意志决定一个人的方向。意志是人自觉地确定目的,并根据目的调节支配自身的行动,从而克服困难,实现自我的理想目标的一种品质。意志是心理活动过程中的重要因素,是人主观能动性的集中表现。意志的过程包括决定和执行两个阶段。当人们善于运用意志的力量时,就会产生决心,如果一个人有很大决心,这说明他的意志力在支撑着他前行,换句话说,意志也是某种精神,是一种意识行为。在准备阶段,意志行动的方案包括了机动的斗争、目的的确定、行动的方法等多个环节。在执行阶段,意志开始支撑行动,体验情感和认知,参与活动的相关协调作用,克服困难和挑战。具体表现为行动上,具有一定的果断性,在相关能力基础上采取更充分的决定,深思熟虑考察环境,并做出坚持不懈的努力。可以支配自己的行动和能力。意志品质的高低取决于个体对实践关系的主观反映和实际情况的吻合程度,包括果断性、自觉性、自制性和坚韧性等。凯利·麦格尼格尔在《自控力》一书中提到:所谓意志力,就是控制自己的注意力、情绪和欲望的能力。控制自己的情绪和欲望,靠自我意志驱动自己心中的宇宙的运行,自我意志将引导自我行为的方方面面。孟子曾经说过:"天将降大任于斯人也,必先苦其心志,劳其筋骨,饿其体肤,空乏其身，行拂乱其所为，所以动心忍性，增益其所不能。"因而说明了意志是实现自己理想的重要因素，顽强的意志，勇敢的精神，是支撑自己走下去的关键。

第二节 乘风破浪

自然和机遇是世界的支配者，自然和机遇会给人带来快乐、痛苦，构成了个人命运和共同命运。赫拉克利特以散文的形式写了一部著作，有人命名为《缪斯》，有些人叫它作《论自然》。赫拉克利特是西方最早的唯物主义哲学家，是古希腊早期的朴素唯物主义与自发辩证法相结合的杰出代表，他本人具有东方情调，曾被波斯国王大流士邀请分享希腊智慧。《论自然》中，包含着世界理论的巨大力量，内容是深奥的辩证法，不易理解，由于思想的独特和深刻，以及言语论述艰深，他被后世称为"晦涩哲人"。赫拉克利特认为"火"是万物的本原，火产生一切，一切又复归于火。提出"一切皆流，无物常住"的观点，认为世界万物都处在变化之中。他所说的"火"是指燃烧的火焰，不断燃烧，熄灭，再燃烧，再熄灭的转化过程。整个宇宙在不断流逝、不断运动的过程中，赫拉克利特这一思想，以自然界本身的物质去寻求世界的本原，用一种形态去说明这缤纷色彩的世界，体现了他试图从多样性中寻求统一性的思想，提出对立面统一和斗争思想，认为任何事物都包含了两个对立面，对立面相互依存、相互转化。赫拉克利特提出的万物皆流，无物常住的变动观，强调了事物发展变化的绝对性和永恒性。这种"火"的思想是利用自然的现象解析万物运作的规则，这种自然的现象，应该是人人所共有的，这种自然现象给人带来了机遇，也构成了个人命运和共同命运。

矛盾促进社会发展。矛盾具有斗争性，斗争是绝对的、普遍的。事物本身包含了对立统一关系叫作矛盾，矛盾的普遍性是指矛盾存在于一切事物发展的过程中，是事物联系的实质和发展的根本动力。在自然领域中，生态系统的食物链关系，体验了生物之间相互依存又相互竞争的关系。在社会领域中，矛盾是生产关系和生产力之间的矛盾，这一矛盾贯穿于社会发展的各个阶段。矛盾也有特殊性，矛盾的特殊性是指矛盾不同的性质、地位和作用，每个具体的矛盾都有其特定的存在条件和表现形式，这决定了矛盾的特殊性，在不同的国家有着不同的文化和历史背景，经济发展状况也有所不同。矛盾的现实意义在于可以相互转化，事物的普遍联系是推动事物发展的动力。事物的发展普遍充满矛盾，矛盾的斗争属于无条件绝对，矛盾的同一属于有条件相对，两者之间相互地结合才是事物发展向前的本质，矛盾其实是人类进步的基石，只要不断地认识各种事物之间的矛盾，然后解决它们的矛盾才是当下应该考虑的问题，所有关于人类社会的发展和进步，都是在对不同事物的认识程度和对事物的求知欲望中产生，只有解决矛盾才能解除欲望。矛盾在生活中随处可见，欲望使得人们不断解决矛盾，才能达到相对的和谐状态，矛盾的双方也只有处于协调、合作的情况下，事物才会展示出相对和谐的状态，所有和谐的状态都是在不断解决矛盾的过程中得以实现，包括社会的矛盾、人与自然的矛盾，还有那些看不见的矛盾。

自己给自己造一艘合适的船。如果你像鲁滨孙那样喜欢冒险和航海，喜欢去远方旅行，那么离开一个平静、安宁的地方是你最好的选择。一个伟大的冒险家的一生注定会遇到很多风浪，或许还会像鲁滨孙那样，流落到一座孤岛上，为了生存，不得不自己制作工具，建造房屋，甚至造一叶独木舟。为了生存，会为一件很小的事情，花费大量的时间，因为缺乏工具，缺少经验等原因。海岛就是一座原始森林，砍一棵树需要花上好几天，修剪树枝，劈开树干，砍成木料，削成木板，一道又一道的工序，谁都想不到鲁滨孙为了这样一项工作付出了多

第六章 起心动念

大的辛劳，需要付出多大的努力和耐力，同样一项工作，如果身边有助手或者合适的工具，这项工作就会变得很容易，如果一个人赤手空拳去做，就会花费大量的时间。因此他老是怀念以前那张挂着三角帆的长舢板，他曾乘着那张舢板在非洲海岸航行了一千多英里。遇到海难时，这只小舢板就被暴风刮到了岸边，搁浅在了一块高高的石滩上，已经变得破破烂烂了。如果有帮手，或许这条舢板还能派上用场，轻而易举地能坐上这艘船去航行，或者去想去的地方，但是靠他自己，是没办法让这艘小船翻身的，因为实在是太难了。他开始想办法，把一些木材捆绑在一起，撬动小船翻身，把这些木材作为修补的材料，他花了一个月的时间，结果发现是徒劳无功的，最后他终于意识到，既然他没有工具和帮手，他只能像热带雨林中的土著人一样，找一棵大树，利用树干制作一只独木舟。

于是他说干就干，他得在丛林里找一棵大树，由于缺少帮手，他砍下这棵大树之后又得削去树枝，把里面凿开，还得想办法把独木舟拖到水里去，这真是一个巨大的难题。但是没办法，先做着吧，往后再去想拖下水的事情，于是他便开始伐木，光砍树就花了二十天的时间，然后又花了几个礼拜修剪，最后花了三个月凿开，这时候他已经把独木舟的外形打造出来了，这舟很

· 053 ·

大，能放下他在岛上的所有东西，载上二十几个人，现在就是下水的问题了，这真是不可思议，这独木舟太重了，靠一个人根本无法拖动，但是独木舟旁边一百米处有条小河，他想既然他无法挪动独木舟，只能另想办法，开挖一条沟渠，把水引到独木舟这里来。于是他又开始干活了，结果还是难以开挖，要挖很深，要废很长时间，这个问题他从来没有想过，也没有计划好，这独木舟也太大了，他只能把它荒废在那里。后来他重新造了一艘小船，小船只能在岛的周边航行，也能放下一些东西，但是没有之前那艘船那样大，也去不了很远的地方，他也因此吸取了教训，从此以后，只做力所能及的事情。

第七章　远近高低

第一节　见山

见山。王安石在《游钟山》中写到"终日看山不厌山，买山终待老山间。山花落尽山长在，山水空流山自闲"。归隐后的王安石，经常到钟山游玩，常日与钟山为伴，未觉厌倦，情景交融，不亦乐乎。钟山山川秀丽，亘古不移，在这山花烂漫之际，不厌正是王安石内心的笃定，见山间之花草，赏林间之青色，螳螂捕蝉，黄雀在后，好像所见的山每时每刻都在变化着，这山仿佛有了灵气，吸引着王安石，也许弥留之时，他也要与山为伴，这或许是王安石当时内心的想法。前程似锦的期许，最终繁华落尽，"山花落尽山常在"，写的正是缘起性空，山花开开落落，缘生已现，花从山中来，生生灭灭，而山不移不乱，此时可以感叹一句"月出于东山之上，徘徊于斗牛之间"，山水相伴，山川自现，见山不见水，此乃假山也，"山水空流山自闲"，正是王安石寄托于钟山的心性，流水涓涓，不明日月，如露寄草，不察动静，唯有赋闲，才是自己的真切的心。其实不管是历史的隐喻，还是过往的眼光，在山水之间便没有这样的标准，这里只有自然和小鸟，山花和烂漫，天真和无辜，自在与清闲。即便是李白，来到了钟山，也应该会在这里喝上两杯，然后感叹一句，"五岳寻仙不辞远，一生好入名山游"。

山不在高，有仙则灵。《陋室铭》是唐代诗人刘禹锡的一篇铭文，文章以山水为题，与陋室为伴，渲染了作者陋室不陋的境界。山的比对，不在于高处，有仙人居住就有名气，水也一样，不求多深，有蛟龙深潜则显示神灵。一间小屋，有我这样好品德的人入住，草色翠绿，来来往往的人都是饱学多识之士，可以奏琴，可以阅读经书，没有嘈杂的声音，没有劳累的公文，诸葛有诸葛的草庐，子云有子云的屋舍，就像孔子说的："有什么简陋的地方？"与山同坐，在这陋室之中，和大家一起讨论文学，欣赏音乐，外面的喧嚣、内心的烦恼犹如过眼云烟，感叹着这些变化又不抱怨生活简谈，一个超然物外、体静心闲的文人雅士形象呼之欲出。历史上君子居住的地方并不都是宽院雅堂，居住的地方更加注重的是舒适和清闲，所以寻求雅致和清幽便是作者的追求。内心的变化和外在的环境保持安然，保持着内心的光明和灿烂，有人感叹山的巍峨壮丽，有人抱怨山路陡峭、有

第七章　远近高低

人觉得山很湿滑危险，这些抱怨和赞美都与山无关。只有鉴赏它的人才知道山原来的样子。

横看成岭侧成峰，远近高低各不同。一座山，有人喜欢远观，有人喜欢近看，远观是一番风景，近看也是一番滋味，每当观察的角度不一样，就会看到不一样的风景。在《题西林壁》中苏轼赴汝州时经过九江，与友人参廖同游庐山。写下了这首哲理诗："横看成岭侧成峰，远近高低各不同。不识庐山真面目，只缘身在此山中。"不同的角度观察庐山可以获得不同观感，连绵起伏的山岭，高耸入云的山峰，各种姿态，横竖万千变化，在庐山之中，看不清庐山的真实面目，当前所见即是一丘一壑，能够理性认识到山水变化时，或许才能看清全貌。游山如此，见事情亦是如此。这也给了人们一个启示，由于人们所处的地位不同，看待问题的出发点不同，对客观事物的认识，始终未能全面理解，所以需要走出狭小又主观的范围，才能得到更加直观地呈现。《题西林壁》不仅仅是描述诗人对庐山的奇观，谷峰奇秀，其中蕴含的哲理更加启人心智。苏轼自进入仕途，就卷入新旧两党的争端，他在政治上更接近保守派，不偏激，主张摄取新法合理之处，主张执行策略的思考。因此在苏轼眼中的庐山，就像是当时的新旧两党的立场，置身于局势之中，难以在局势之外客观地思考问题。

山高自有客行路，水深自有渡船人。该句谚语出自明代吴承恩的《西游记》，反映的是当时社会对于个人奋斗克服困难的普遍认同。很久以前总是觉得生活是枯燥的，却不知道生活的安宁来之不易，后来才明白，不管到哪个位置，该有的苦恼一点都不会少，该走的长路一段都不会缺，该做的事情一点也不会落下，该解决的问题，一个都不会缺。不管是做些什么还是在哪里，都有人在替你默默守护和前行，这才是这句话最真实的意义，即便高如珠穆朗玛峰，也总有人去攀登，这句谚语更想表达的是在面对逆境时的坚定意志，在面对困难时不屈不挠，这也正是中华文化的精神传承。在社会层面，无论是各行各业，做久了就一定会遇到问题，发展的过程中也会遇到一个新的瓶颈期，总而言之，一定会遇到各种问题和挑战，在面对这些问题和挑战时，需要耐心寻求问题的关键点，着手解决关键点问题，积极寻找解决方案，这样才能共同推动社会进步。

第二节 见海

海是一片广阔的天空。近海是一片望不尽的深渊，而远海是世界上最广袤无垠的地方，海洋占据地球表面的百分之七十以上，在远海，这里犹如沙漠，没有藏身之处，食物也极其稀缺，似乎充满了未知，但这里也有属于它自己的绿洲，空旷的海域往往相对比较危险，这里也很少可以检测到生命的迹象。太平洋海岸的沙丁鱼，它们很小，但是喜欢成群结队，因而看它们时，就像是一团又一团的黑影。一般在晚上体形才会到海面上寻找食物，这里只有浮游生物，要是在白天出现，它们应该是为了寻找伴侣和产卵。对于海豚来说，这无疑是一个千载难逢的好机会，它们利用回声确定鱼群的位置，一些大的鱼群也会随之火速赶来，沙丁鱼看到捕食者的到来，随时可能回到深海里，每当沙丁鱼往深海游去，聪明的海豚就会游到沙丁鱼下方，把它们赶回到上方，这个时候的大海已经变得非常热闹，金枪鱼也会火速赶来，穿插在沙丁鱼群之间，它们张开大口把沙丁鱼吞入腹中，鱼群被冲得四处混乱，这样的盛宴难得一遇，海豚表现出了极大的忍耐力，其他的生物则是走向了极端，只为在这片海中觅食。一只破壳没几天的海龟宝宝正在远离这片拥挤又危险的水域，起初，海龟宝宝靠植物填饱它们的小肚子，但很快它们就需要更多管饱的食物。这片海岸有着许多未经世事的幼崽，任何漂浮的东西都可以把它们吸引，它们可以在一个地方待很久。海洋中一半以上的生物都会随洋流前进，海洋生物一直在探索着这片海域。

海洋深处的世界。大海比人眼所见更深不可测，不知道海洋深处有着什么样的秘密。在表层区，有着数以百万计迁徙的沙丁鱼，它们如同非洲草原的羚羊，由于沿岸流每年都会转向，随着洋流运动带来了许许多多的养分，它们也跟随着这温暖的洋流，海洋的力量不容小觑，小小的海浪也会演化成滔天巨浪，海水在地球上持续循环流动，使得海洋中的养分分布循环变化。在150米深的世界，光合作用无法进行，因而植物极少，动物以海洋雪为食，海洋雪是一种动植物下沉的残骸，所以它们只能依靠水面生物捕捉的太阳能所转化的二手能源。当深度达到300米，光线变得非常微弱，水温降低，压力已经达到水面的400倍，这里属于微明区，许多动物已经变得完全透明了，它们希望看得清楚，同时不希望被敌人看得太清楚，一些高等无脊椎动物如乌贼，也变得透明了，它的一生或许都不会碰到坚硬的东西，所以不会像生活在浅水区的表亲那样强壮。水深超过500米时，肉眼已经无法看见光亮，许多动物长着管状的眼睛，它们可以在微弱的亮光下辨别猎物上方的剪影，来判断猎物的形状和位置，这里的光鱼在腹部进化出了与上面水下的光相仿的颜色，破坏了自己的剪影，使得捕猎者无法发现它们的足迹，然而总有一双眼睛能辨认出这些发光的器官，一个为进化而演化出的装置，被另一猎物装置破解。

鲸落——短暂的绿洲。蓝鲸作为海洋中体型最大的生物，却是以海洋中最小的生物为食——磷虾，一种只有数厘米长的甲壳类动物。蓝鲸是海洋中游行速度最快的物种之一，它们的繁殖地点很隐晦，迁徙路线我们还未能完全了解。每当一头鲸鱼死去，沉入海底的身体将为海洋其他生物提供养分，是这片海底沙漠中短暂的绿洲，一具庞大的抹香鲸尸体可重达30吨，每当鲸落海底，嗅觉灵敏的六鳃鲨往往能及时发现，这顿饭能够让它维持一整年。六鳃鲨是活化石，这种鱼类可以长到8米长，1.5亿年来，它们都不曾演化改变过，活动范围可达2500米的深海，很少人能够看见它。鲨鱼的近亲银鲛，身长不到一米，在下颚部位感应器，有助于它发现深海猎物，它的大眼睛可以看见生物光，这里的海底处大型鱼类很少，食物一般是死鲸的腐肉。等这些较大的鱼类吃完，螃蟹、鱼虾、海鳗等剩下的清理队也将陆陆续续抵达，可能还要几十年鲸鱼的骨头才会完全腐烂，这条鲸鱼的陨落，是这片海底沙漠的短暂绿洲。

珊瑚群——永恒的绿洲。阳光能够照射到海洋表面以下一百米内的海水，光合作用在这个范围内进行，珊瑚礁也在这个范围内形成。在珊瑚礁里，海豚喜欢寻找一种叫作柳珊瑚的群落，它们喜欢在柳珊瑚上擦身而过，小海豚不明白它们为什么都这样做，实际上柳珊瑚的表面覆盖着一层厚厚的黏液，具有消炎抗菌的功效，成年海豚这样做是为了防止皮肤感染，海豚对于珊瑚礁的利用，往往能启发人们寻找新的治疗药物。热带珊瑚礁只占海床总面积的0.1%，这里有着全年稳定的温暖潜水区，供养着海洋里最丰富多样的生物群落。在大堡礁，生活着一种猪齿鱼，它似乎很聪明，每天都到大堡礁里面找吃的，它在珊瑚群和一些残骸中寻找食物，它找到了一只小蛤蜊，它打不开，于是它把蛤蜊带到了一个碗状的珊瑚里，里面有凸起的地方，猪齿鱼叼起蛤蜊往凸起的地方砸去，尝试了很多次才能把它打开，这里属于热带珊瑚礁，竞争非常激烈。在深海，泥上突出的岩石，为深海珊瑚的生长提供了场所，深海中的珊瑚种类比热带浅礁处的多，它们靠漂浮的食物存活，有一些寿命长达4000年，就像它们的浅水亲属一样，为其他生物提供家园，美丽的海绵动物就生长在珊瑚中间，其身上有它的常客——俪虾，礁石上的捕食者虎视眈眈，幸亏有海绵为它挡住了捕食者，海绵洞中的漂浮物便是它们的食物。很明显俪虾在海绵洞中能活得更久。深海中的珊瑚能量不是来自阳光，一些珊瑚它的水螅体长得很长，比浅水区的珊瑚要长得多，这是为了能抓到更大的猎物。

第八章　速度镜像

第一节　速度

在人类发展的每一个阶段，人们对速度的追求从未停止，人们追求速度的目的是征服这个广阔的星辰宇宙。埃隆·马斯克是一位具有前瞻性的创业家和企业家，凭借着卓越的创新力量和实力，在多个行业有着巨大影响力，他涉足的领域包括可再生能源、电动汽车、运载火箭和飞船，等等，均取得诸多成就。在创业初期，他一直展现出对技术和创新的浓厚兴趣，这也为他未来的发展奠定了基础，他的目标非常明确，就是要成为一个改变世界的创造者。马斯克是 paypal、特斯拉汽车、SpaceX 等公司的创始人，最引人瞩目的是 SpaceX 公司的发展，这家私人公司对太空探索迈出了巨大的步伐，2001 年初，马斯克还在贝宝期间，就策划了一个叫作"火星绿洲"的项目，计划把一个小型实验温室降落在火星上，让来自地球的农作物在火星土壤里试着生长。不过他发现购买运载火箭成本过高，甚至超出了自行研发成本，发射成本也比此项目研发成本高得多，所以暂缓了这个项目，决定成立一家公司研究怎么降低发射成本，这就是SpaceX公司。SpaceX的星舰火箭在2024年6月成功完成第四次轨道级飞行试验，并首次实现了海面软着陆。据说首艘前往火星的星舰飞船将在两年后发射，如果顺利，首批载人火星飞船将在4年后发射，马斯克的目标是在火星上建造一座自给自足的城市，太空探索也迎来了新的时代，特斯拉电动汽车产业在中国市场也有着巨大潜力，开放性的能源技术促进了全球社会的发展和进步。航空航天的发展是不可阻挡的力量，它代表着人们对于速度的突破和追求以及对地球外部空间的探索欲望。

尽管在不同的位置，但人们对于喜欢做的事情有着向上一致的心。生活中充满了竞争和斗争，就像是一场运动比赛，可能是由于某种原因，在看到别人在赛场上的表现时，能够触动自己产生身临其境的感受。以前看一场篮球比赛的时候，看到双方相互进球的过程，感觉很激动，于是想着为我喜欢的那一队球员加油，心中默念给予他们力量，默默为他们加油，如果是在现场，就会大声喊出来，"加油加油！"每当自己喜欢的球员得到了很好的表现，心中就会感到很高兴，不知道这个高兴是为别人高兴还是为自己的认同高兴。如果喜欢的一支球队赢得了比赛，那也会在心底为这支球队感到高兴。所以即便是没有站在赛场上的人们，也和场上的球员有着一样的心思，这就是换位思考，这是一种站在对方立场设身处地思考的能力，尽管你没有承担他人情绪的责任，无论是为他人还是为自己，不管是亲密的亲人，伴侣还是朋友，你们也始终是独立于彼此的个体。不能深陷其中不能自拔，这是首先要搞清楚的。这种换位思考的能力和身临其境的感觉，也可以称为同频。在BBC的纪录片《宝贝的神奇世界》中，参与实验的婴儿不到2岁，教授通过观察婴儿"哭泣"的玩具娃娃来研究婴儿的发展。结果显示，这些反应是与生俱来的。

看见那些看不见的事物，才是真正的见识。看不见的决定看得见的，看得见的影响着看不见的。道家认为清静无为是一种自在空明的境界，眼睛不见美色，耳朵不闻其声，心中不存妄念，怡然自得、心性自在，不刻意追求表面上的修为，那都是未见的造化而成。《心经》也有云，"无耳鼻舌身意，无色香味触法"，佛家也要求正信、正念。从字面上构筑往往不能够完全理解。唐朝有一位著名诗人叫钱起，生于公元722年，字仲文，吴兴人。因与朗士元齐名，齐名"钱朗"。人为之语曰"前有沈宋，后有钱朗"。他曾担任郎中、翰林学士、校书郎等职务，著有《钱考功集》十卷、《归雁》等。他的诗作多偏重描写景物，与社会现实有一定的距离，艺术水平较高。在钱起参加进士考试之前，他在附近的客店散步，忽然听到有人在吟诗："曲终人不见，江上数峰青"。那人再三吟诵，钱起前往寻找，却不见吟诗之人。在"作文"考试时，诗题为《湘灵鼓瑟》，他便作答曰："善鼓云和瑟，常闻帝子灵。冯夷空自舞，楚客不堪听。苦调凄金石，清音入杳冥。苍梧来怨慕，白芷动芳馨。流水传潇浦，悲风过洞庭。曲终人不见，江上数峰青。""曲终人不见，江上数峰青"，让主考官赞叹不已，观物自得，合乎自然，从此钱起便得重用。

　　前行其实是一种因人而异的状态。有篇网文中某段讲得很好，说的是："人和人的节奏不一样，有人花三分钟泡面，有人费三小时煲汤，有人外卖已送达，有人才切好洋葱和肉。"对于不同的人来说，前行可以有不同的含义和表现形式，对于艺术家而言，前行可以是体验生活而获得灵感，也可以是为了雕刻作品而深入其中；对于科学家来说，前行的方式可以是进行科学研究，也可以是去探索实验；对于企业家来说，前行的方式可以是解决社会问题，创办一个伟大的企业。在不同的位置上人们的节奏不一样，前行的速度和方式也各不相同，有些人追求快速达成目标，他们采取直接有效的方法，而另一些人则是倾向于享受过程，在慢慢累积的生活中寻找乐趣和挖掘价值。

还有人会经历挫折后再杨帆起航，而这种精神本身就是一种宝贵的前行力量。在不同的赛道上，别人有别人的步伐，自己有自己的节奏，合适自己的才是最好的。在自己的赛道中，落后了没必要耿耿于怀，就算跑了最后一名也不用过于悲伤，只要能够坚持跑到终点。前行其实是一种因人而异的状态，我们该讲究讲究，该将就将就，有条件就讲究，没条件就将就，不同的生活节奏，不过是每个人在不同进度下的人生旅程。

第二节　暗物质与镜像

暗物质的定义。暗物质是指那些不发射、吸收或反射光，因此无法通过电磁波谱直接观测到的物质。简而言之，是一种看不见的物质。它们的存在是通过引力效应在星系旋转曲线、引力透镜效应以及宇宙的大尺度结构中被间接推断出来的。暗物质不参与电磁相互作用，但具有引力，是宇宙主要的组成部分。暗物质相互碰撞产生能量，能量变成质量才产生粒子，通过粒子分布判断暗物质。暗物质的候选粒子包括弱相互作用的质量粒子（WIMPs）、轴子（axions）、中性微子（neutrinos）等。暗物质的主要作用体验在其对宇宙结构形成和演化的影响。它是宇宙中的主要引力源，对星系的形成、演化以及宇宙大尺度结构起着决定性作用。暗物质的分布和动态对宇宙背景辐射的各向异性、星系的旋转曲线，以及宇宙的加速膨胀等现象产生重要影响。根据最新的宇宙天文学的研究发现，暗物质包含了宇宙中大约85%的物质含量，由于暗物质与普通物质没有直接电磁相互作用，也不反射光，所以无法用常规方式观察。科学家认为，暗物质粒子和普通物质之间存在微弱的相互作用，但不吸收、反射或发射电磁辐射，因此探测起来非常困难。研究暗物质其实是属于近代物理的一个重要领域，它对揭示宇宙起源、结构演化有着深远影响。这些研究对于理解宇宙的基本物理规律和物质本质具有重要意义。

关于暗物质变化引起的镜像。"暗物质变化引起的镜像"意思是暗物质的密度梯度变化所引起一系列的时空引力弯曲从而产生镜像。引力时空弯曲实际上是平直时空内暗物质密度梯度变化"弯曲"，由正反粒子偶极子密度梯度变化产生的，在星体周围，正反粒子偶极子的分布密度存在一定的梯度，随着半径增加密度逐渐下降，正反粒子偶极子的分布等密度面为球面，这里不是时空弯曲，这里的平直时空被纯粹的数学理解为时空弯曲，时空曲率是大质量天体使时空弯曲的程度，时空曲率也不是真正意义上的时空弯曲度，而是暗物质正反粒子偶极子密度变化的弯曲程度，引力透镜观测到暗物质密度的变化情况，这是由于显态粒子的质量对称性破缺引起的密度提高，而这种作用由近及远，因此发生了密度梯度的变化。星体的质量越大，正反粒子偶极子密度提高越多，星体的质量越小，正反粒子偶极子密度提高越少，离星体近的空间正反粒子偶极子密度大，离星体远的空间正反粒子偶极子密度小，由于物质对正反粒子偶极子的吸引作用，使正反粒子偶极子发生变化从而形成引力场，引力指向正反粒子偶极子密度增加最大的方向，是万有引力只显现为引力而不出现斥力的物理原因，并合理解释引力场超距作用的物理原因，一旦显态粒子消失，这种质量对称性破缺，引力消失，场态粒子各向受力各向同性，进而恢复均匀分布状态。

当看见别人的经历与自己相似，意识里会看见他自己。心理学家罗杰斯认为，理解来访者如何看待世界比理解现实世界更加重要。来访者的内在主观世界被察觉的时候，外来的信息才能有效地输送给来访者，在这个系统里面，来访者的感受、动机、情绪、想法等都属于来访者的内心世界，但不是自己的世界。两者的区别在于相互之间的理解程度，大脑里有一种神经元叫作镜像神经元，镜像神经元是特殊的神经元，负责理解别人的行为，当看见一个人有着某种举动时，神经元就被激活产生相同的反应。比如说当我们看见隔壁桌在享受着美食的时候，尽管我们还没有开始启动，但是我们已经产生了和隔壁桌享受美食时的感受了，心中就有了一种迫不及待的冲动，会想着自己的菜能早点上。这种自发性的感受，完全是受到了外界的影响而产生，通过他人的情绪产生状态，以及他人所处的情况而激发，比如一位知名歌手，唱的一首歌就能唤起人们共同的情感，那些歌词反映出来的片刻情景，或者说是唤起了自己过往的经历，当听到这样的歌曲时，往往人们就会情不自禁地跟上歌曲表达的情绪，或者共同歌唱，这个时候自己内心那些不好的情绪也会被释放出来，或许还是一件好事。再比如，当我们在看一部电视剧的时候，画面中的情景有较大的起伏，看到主人公受到不公正对待，或者见到一些煽情画面，自己心里感到不可理喻，可能反映出了现实世界中真实存在的情景，内心就此产生与之相对应的心理情况，简单来说就是把别人的行为和感受推到自己的身上，这个人和我一样，有着相同的喜怒哀乐、有着正常的感受和伤痛，我必须像对待自己一样对待他。因为我不仅看到了他的模样，我还看到了我自己。

以人为镜可以明得失，以史为鉴可以知兴替。《旧唐书·魏征传》李世民："夫以铜为镜，可以正衣冠；以史为镜，可以知兴替；以人为镜，可以明得失。"通过一面铜镜,可以知道自己衣冠是否端正,通过了解他人的行为和经历,能够认识到自己的得失,通过历史的更替,可以知道国家的兴亡原因。人是一面镜子,历史也是一面镜子,通过了解他人过往的经验可以审视自己的行为,进而判断自己的得失,通过了解他人的成败,反思自己的决策是否明智,通过以人为镜,从别人的成败中吸取教训,避免犯同样的错误,从而提升自己的判断力和决策能力。不能因为别人都持怀疑的态度而影响了自己的独立见解,也不能固执己见不听别人的意见,不要因为个人小的私欲影响了大家的利益。历史似乎是一部又一部的电影,有些历史作为正史被记录了下来,如"二十四史";有些则由于不重要或不便记录,终被作为野史,湮没于浩瀚的时间碎片中。

第九章　科学艺术

第一节　科学艺术

艺术是一种基于社会的技术活动。艺术是人类创作的一种文化形式，通过不同的表现手法，如绘画、雕塑、音乐、舞蹈、戏剧、文学等，传达情感、思想和审美观念。普遍认为，艺术是文化的体现，也是历史和时代的镜子，反映了社会的精神和发展情况。艺术对于自然和社会的观察必须是深刻且独到的，在中国，一些独特的传统艺术深受人们喜欢，如绘画与书法，中国画强调意境和情趣，追求"形神兼备"，书法讲究笔力工整、结构和墨色独特，有基于作者本身的创作风格，两者都是中华文化之精华。而音乐和戏剧则是艺术的另一种表现形式，中国传统乐器有着独特的音阶和音色，能极大程度展现出音乐的不同特色。而中国的戏剧也因地域的不同而产生不同的剧种，如京剧、粤剧、黄梅戏、皮影戏等，表现形式丰富多彩。艺术不仅是艺术家的个人情感和创造力的表现，也是人们的精神文化生活的重要组成部分，艺术的创作可以是对传统风格的修改和调整，是不断制作和匹配"图式"的过程。艺术家在准备好想要处理的题材之前，脑海里必然存在某些已知的图式，这些图式是过去艺术家们的成果，当再次进行创作时，这些图式在新的内容下被不断地修整和匹配，然后以新的创作形式不断出现。

科学是一种基于自然的系统认识。科学是一种基于认识世界、探索自然的系统性学科，包括自然、社会、思维等领域的观察、实验、分析和推理，解释和理解自然界的现象，通过可靠的证据和逻辑推理来预测和控制自然的过程。科学不仅包括自然科学，如物理学、化学、生物学、地理学等，还包括社会科学，如经济学、政治学、社会学等，以及形式科学，如数学、逻辑学等。科学追求客观事实，实验结果可重复，不同的时间和地点在做同一个实验时可以得到相同的结果，科学的理论必须是可以证伪的，通过实验或观察来证明理论是错误的。科学的知识是系统化的，新的发现和理论需要和已有的知识体系相融合，科学对于任何理论和假设都持开放态度，随时准备接受新的实验数据、观察测量等证据来修复和推翻旧的理论。从最初的权威学说到近代牛顿的经典理论，再到爱因斯坦相对论和近代物理学的量子理论，科学的发展一直都在不断进步,一个个崭新的学说揭示了新的科学发展规律,解释了诸多科学现象,特别是量子理论的出现,从研究光电效应开始,到波普研究,量子领域几乎是一个全新的领域,科学的研究边界也在不断扩展,一直到20世纪初期,在相关理论的问世下,人们对宇宙的系统性研究拉开帷幕,包括黑洞、虫洞、暗物质,等等,科学的发展也产生了非常多的分支,包括物理学中的力学、电磁学、量子力学等,随着科学的研究深入,新的分支和交叉学科将不断涌现。

艺术和科学是一个融合的过程。一幅画的创作需要科学地调配颜料,才能创造出绝美的作品,通过科学的精密计算而设计创造出来的东西,也是一件令人惊叹的艺术品,如运载火箭、航天飞机,等等。科学与艺术虽然看似两个截然不同的学科,但是它们之间存在着紧密的联系和相互作用。首先,科学和艺术都是人类探讨世界和表达自我的一种方式,科学通过实验和逻辑推理来探索自然存在的状态,艺术通过情感和创意来表达人类对世界的理解和感受,科学和艺术都需要创新思维,科学家在研究的过程中可能会从艺术作品中获得灵感,而艺术家也常常从科学发现和技术进步中汲取创作灵感。随着科技的不断发展,科学与艺术的交叉领域不断涌现,如科学可视化、数字艺术等,这些领域结合了科学原理和艺术表现手法,创造出

第九章 科学艺术

新的艺术形式和科学应用。科学常常被认为是理性认知的代表，而艺术是情感和直觉的展现，科学的发现往往能激发人们情感的反应，而艺术作品则促进科学概念的理解。在教育领域，科学和艺术的结合可以帮助学生发展全面的能力，如批判思维、创造力、观察力、表达能力，科学家和艺术家的合作可以促进跨学科的研究和项目，这对社会的发展产生深远影响，科学的进步改变人类生活方式，艺术作品影响人的社会价值观、情感认知等。总之，科学和艺术是相互补充的，它们共同推动人类社会发展和文明进步，丰富人类的精神世界，帮助我们更好地理解自我与世界的关系。

物质的哲学原理。物质是一种基于现实世界的显现，由一些基本粒子构成，物质具有能量和质量，也可以相互转化。物质的哲学原理认为物质是一种形态，这种形态不能一直维持，但维持形态的能量可能将会再次转化。在古代，哲学家们就开始了对物质本质进行思考，古希腊哲学家泰勒认为万物起源于水，而赫拉克利特则提出万物流变的理论，认为一切物质都在不断变化之中。德谟克利特则提出原子论，认为物质由不可分割的原子组成，这些早期的理论为后来的科学研究奠定了基础。随着科学的不断发展，物质的哲学被不断深化，在物理学领域，物质的本质被理解为基本粒子的组合。从原子到夸克，科学家们不断揭示物质的更深层结构，在化学领域，物质的性质和变化被解释为原子和分子的相互作用，生物学则是从生命的角度探讨物质的复杂和多样性。物质的哲学不仅仅是自然科学的问题，还涉及哲学的根本问题，如存在、时间、空间等，在形而上学中，物质被视为构成宇宙的基本实体，此外，物质的哲学还与伦理学、美学和政治哲学等学科有着密切联系，例如，在环境伦理学中，物质的可持续利用和环境保护是核心议题。在美学中，物质的形态质感是艺术创作的重要元素。在政治哲学中，物质的资源和分配利用是社会公正的关键。

第二节 表现

艺术的目的。艺术的目的不是单一的，而是多元和复杂的，不同的艺术家、流派、文化背景和历史时期可能会有不同的艺术目的，这些目的都是为了能够在当时的情况下促进不同的文化交流。艺术是艺术家表达个人情感、思想观念的一种方式，通过艺术创作，艺术家能够传达自己内心世界和对生活的理解。艺术创作和欣赏是为了提供审美的愉悦，艺术作品往往通过形式、色彩、线条、结构等美学元素，给人美的感受。艺术具有教育功能，可以通过视觉、听觉和情感的方式传达知识和价值观，启发观众的智慧和道德感。艺术在文化传承上起到不可或缺的作用，是文化传承的重要载体，它记录和反映了一个社会的传统、历史和生活方式，对后期的教育启发有很大帮助。艺术其实是一种跨越语言和文化的沟通方式，促进不同文化背景的人之间的理解和交流，这种艺术的交流就像是一座桥梁，两者之间的交流可以促进艺术的发展。艺术是探索未知、尝试新形式和内容的领域，艺术家可以通过不断创新和实验，推动艺术发展。在许多宗教文化发展过程中，艺术也被用来表达对神圣的敬畏和追求，为人们提供精神上的启示。同时艺术还被应用于商业创作，如电影、音乐、设计，它的作用旨意用作娱乐，也是经济发展的一部分。艺术的目的是多种多样的，一个艺术作品的展示，在不同的观众和情景之下可以发挥不同的作用，因此理解艺术的目的往往需要考虑作品的创作背景和意图，便于观众解读。

科学的境界。科学的境界是指科学研究所达到的水平、深度和广度，以及科学家的认知能力和研究态度。科学的最基本境界是探索未知，追求知识和真理，不断拓展人类对自然界的理解。在理论构建上，科学家通过实验和观察，构建和发展科学理论，以解释自然现象和规律。科学境界的进一步提升体现在跨学科的研究，将不同领域的知识和技术融合，解决复杂问题。科学研究的成果可以转化为技术进步，推动社会发展和人类进步，通过发明和改进研究的工具，以更好地探索自然界的奥秘。科学的境界体现在科学研究方法的严谨性，包括实验设计的合理性、数据分析的准确性等，同时科学家需具备批判性思维能力，持开放的态度，不断质疑现有理论和假设，接受新的观点和证据，不断修正和完善自己的理论，不畏艰难，勇于面对挑战，推动科学的进步。除此之外，科学的境界不是静态的，而是随着科学的发展而不断演进的，科学家通过不懈努力，推动科学知识的积累，也提升了人类对世界的认知水平。这种不懈努力，其实是一种长期积累的过程，一方面可以通过阅读科学的书籍、参加科学的课程和讲座，系统地学习科学的基础知识，通过了解科学研究的基本逻辑和步骤，进行观察、假设、实验、分析等手段，掌握科学研究方法。

科学和艺术发展的最终目的都是为了呈现。科学和艺术，这两个领域在表面上看似截然不同，一个追求逻辑和实证，另一个追求情感和表达。然而在更深层次上，它们却是紧密相连的，共同构成了人类对世界理解和表达的两个重要方面。科学是对自然界和宇宙的探索和理解，它依赖于严谨的方法论和实验验证，追求的是客观真理。科学家们通过观察、实验和理论建模，试图揭示自然界的规律，从而推动技术的进步和社会的发展，科学的发展不仅改变了我们的生活方式，也帮助我们更好地理解世界。艺术则是对人类情感和思想的表达，它不依赖于逻辑和实证，而是通过形象、色彩、声音和文字等手段，传达艺术家的情感和观念。艺术作品往往能触动人心，引发共鸣，使人们在欣赏的过程中得到精神上的满足和启发，艺术的存在丰富人们的文化生活，也反映了人们对美好的追求和理解。尽管科学和艺术在方法和目标上存在差异，但他们本质是相通的，都源自人类对世界的探索和好奇心，科学家通过客观实验来探索自然界的奥秘，而艺术家则通过主观想象与创作来表达自己对世界的感受和理解，这种探索的动力，都源于人类对未知的探索。其次，科学和艺术都追求真理和美，科学追求客观真理，通过实验不断验证自然界的规律。艺术则是追求主观真理，通过艺术家的创作，表达自己对世界的理解和感受。而美是科学和艺术共同追求的目标。简洁的公式、精准的模型、有序的结构等都体现了科学的美；而和谐的比例、丰富的色彩和动人的旋律则展现了艺术的美。

艺术像一张白纸，上面充满了无限的可能性和想象空间。它是情感与思想的一种表达方式，艺术家通过创作，将内心的世界展现出来，让观看的人可以感受到他们的情感和思想，艺术可以是抽象的，也可以是具象的，可以是传统的，也可以是现代的，没有固定的模式，完全取决于艺术家的创造力和想象力。科学是一段旅程，它是对未知世界的探索和发现。科学家通过观察、实验和推理，不断揭示自然界的奥秘，推动人类对世界的认识和理解，科学的认识过程需要严谨的思维方式，它要求科学家们必须有严密的逻辑和充分的证据来支持他们的观点，科学是不断进步和发展的，每次发现和突破，都会带来新的问题和挑战，激励着科学家不断前行。艺术可以启发科学，科学也可以启发艺术。科学和艺术都是人类对世界的探索和表达，它们共同构成了人类文明的重要组成部分。艺术让我们感受到美的存在，激发我们的情感和想象力，科学则让我们认识到世界的本质，推动我们的思维发展。科学和艺术都能促进人类的发展和进步，科学的发展推动了技术的进步，改善了人类的生活条件，解决了许多社会问题。艺术则丰富了人类的文化生活，提高了人们的精神境界，促进了社会的和谐与进步。

第十章　相互关系

第一节　质量互变

对立统一规律，是马克思主义哲学中的一项基本原理，它揭示了事物发展的内在动力和普遍规律。这一规律认为，任何事物都包含着相互对立的两个方面，两个方面既相互排斥又相互依存，它们在一定条件下相互转化，从而推动事物发展。对立统一规律贯穿于自然界、人类社会和人类思维的发展过程，是事物普遍联系和发展的基础。在自然界中，对立统一规律涵盖了各种自然现象。例如潮汐、寒暑、昼夜等，这都体现了对立统一规律。在人类社会中，对立统一规律表现为社会矛盾的存在和发展。社会矛盾是推动社会发展的根本动力。在阶级社会中，社会矛盾主要表现为阶级斗争。人们在认识世界和改造世界的过程中，不断地运用对立统一规律，分析矛盾、解决矛盾，从而推动思维的发展。例如，辩证法就是对立统一规律在思维中的运用，它要求人们全面地、发展地、联系地看待问题。在每一个矛盾中，有一方起着主导作用，是矛盾的主要方面；另一方则处于从属地位，是矛盾的次要方面。事物的性质主要是由矛盾的主要方面决定的。对立统一规律是事物发展的普遍规律，它贯穿于自然界、人类社会和人类思维的发展过程中。

质量互变规律是自然界和社会中普遍存在的一种规律，它揭示了事物发展变化的本质特征。质量互变规律主要体现在事物内在质量的积累和变化，当这种变化达到一定程度时，会引起事物性质的根本改变。量变是指事物在数量上的增加或减少，是一种渐进的、不显著的变化，事物在量变的过程中保持其原有的质的规定性。而质变是指事物发生根本性质的变化，是一种根本的、显著的变化，质变后的事物与原有事物有本质上的区别。这一规律在自然界、人类社会和人的思维活动中都有广泛应用。在自然界中，质量互变规律表现为物种的进化，在生物体长期的演化中，基因通过变异和自然选择，逐渐积累了有益的基因，使物种的适应环境能力不断提高。当这种变化达到一定程度，新的物种就会诞生。在人类社会发展过程中，质量互变规律同样发挥着重要作用，以科技革命为例，人类历史上每一次科技革命都是质量互变的结果，在科技革命之前，人类的生产力水平和社会制度都处于相对稳定的状态，随着科技的进步，生产力大幅提升，新的发明不断涌现，这种变化积累到一定程度时，就会产生新的有质量的生产力，推动社会向前发展。在人类思维活动中，质量互变规律同样适用，当人们的学习能力不断提高，基于实践的认识更加深刻，当这种认识积累达到一定程度时，人的思维方式和认知结构就会发生根本性的变化，从而推动人类文明的进步。例如，古希腊哲学家苏格拉底、柏拉图、亚里士多德等哲学家的观念，对后世产生了深远影响，推动了人类文明的发展。在生活中，质量互变规律在日常生活中也有着广泛应用，以健康为例，人的健康状态是一个逐渐变化的过程，不良的生活习惯和饮食习惯可能会导致人体质量不断下降，当这种下降达到一定程度时，就会引发各种疾病。相反，良好的生活习惯和饮食习惯会使人体的内在质量逐渐提高，从而保持身体健康。所以在日常生活中，除了紧张的工作之余，提高自己的生活质量，保持身心健康，对自己负起责任。总之，质量互变规律是事物发展变化的规律，它在自然界、人类社会和人的思维活动中都有广泛的应用。了解和掌握质量互变规律，有助于我们更好地认识世界、改造世界，推动人类社会的发展，我们应该注重内在质量的积累和提升，以实现个人和社会的全面发展。

否定之否定规律是哲学中的一个重要概念，它描述了事物发展的一种普遍规律。这个规律认为，事物的发展不是一帆风顺的，而是经历了一系列的否定和超越，从而实现了自我发展和完善的过程，在这个过程中，事物不断地否定自身的局限性，超越自身，达到更高的层次。经过第一次否定后，事物进入一个新的阶段，但这个阶段同样包含着矛盾，随着矛盾的发展，事物将经历第二次否定，即对第一次否定的否定。第二次否定并不是简单地回到原点，而是在更高层次上综合发展前两个阶段积极因素，达到新的发展形态。

否定之否定规律表明事物发展呈现出周期性，包括肯定阶段、否定阶段和否定之否定阶段，形成了一个螺旋式上升或波浪式前进的过程。否定之否定规律揭示了事物发展的方向性，事物的发展是有方向的，它不是随意变化的，而是朝着一定的目标前进，这个目标就是事物的内在规律，是事物发展的内在要求，在事物发展的过程中，不断地否定自身的局限性，就是为了更好地实现这个目标。否定之否定规律强调了事物发展的全面性，事物发展不仅仅是量的积累，更是质的飞跃。事物在发展的过程中，不断地否定自身的局限性，就是为了实现质的飞跃，达到更高的层次。这种质的飞跃是事物发展的关键，它使得事物能够真正实现自我的发展和完善。否定之否定规律是事物发展的内在矛盾、周期性、方向性和全面性。我们应该深入理解和把握这个规律，用来指导我们的实践，推动事物的发展。同时事物的发展是一个复杂的过程，它需要我们不断地去探索、去实践、去创新。只有这样，我们才能真正实现事物的发展和进步。

第二节　相互关系

等地铁。文帆是一个非常循规蹈矩的人，每次坐地铁去上班他老想是去同一个车厢，坐相同的座位。他喜欢观察车厢里的人们，看他们各自的故事，揣度他们的内心。车外是繁华的大都市，人群来来往往，他觉得他自己在这座城市里非常渺小。有一天，文帆在地铁上遇到一个女孩，她有着一头长长的黑发，眼睛明亮而有神，那天她坐在文帆的对面，微笑地看着窗外，文帆被她的美丽和宁静吸引，女孩似乎察觉到文帆的目光，转过头，对文帆笑了笑。从那天起，文帆和女孩成了地铁上的朋友。他们经常在同一个车厢相遇，偶尔会聊聊天，分享彼此的生活。那会儿文帆还比较不懂事，只请女孩吃过一次饭。女孩叫千怡，是一个老师，她喜欢用画笔在黑板上记录着课本上精彩内容，看孩子们天真的笑脸。然而生活充满了变数，有一天千怡告诉文帆,她要离开这座城市,去一座小县城教书,文帆听到这个消息,心里五味杂陈,他心里可能觉得他将要失去这个朋友了。千怡走后,文帆的生活又恢复到了以前的状态,坐着地铁去上班,他依然在同一个车厢,同一个座位。文帆发现他不再是一个旁观者了,他开始主动和别人交流,开始用文字记录自己与别人的生活,他发现,每个人都有自己的故事,每个人都有自己的梦想。他明白地铁上,大家都在闷头赶路,或许没空感叹生活。地铁上他还认识了许许多多"老师",他学会了珍惜,学会了感恩。他明白生活不是一场赛跑,而是一次旅行。重要的是沿途那些美丽的风景,以及那些陪伴我见过这一路风景的人们。所以他也记得在一开始的时候,他坐的那趟有意义的地铁。

交个朋友。在繁忙的都市生活中,人们匆匆而过,很少有机会停下来,真正去了解身边的人。然而有时候,一个简单的微笑,一个友好的问候,就能打破人与人之间的隔阂,让两个陌生人成为好朋友。有一天,泽泽坐在公园的长凳上,看着其他孩子在玩耍,就在这时一个陌生的男孩走了过来,他看起来和泽泽年龄相仿,这个男孩的名字叫俊杰,他走到泽泽面前,微笑地和泽泽说:"嘿,你一个人吗?介意我坐下来吗?"泽泽点了点头,俊杰便坐到了他的旁边。俊杰开始和泽泽聊天,询问他的兴趣爱好，泽洋一开始还有些隐晦，后来发现，俊杰的经历和泽洋挺相似，他们都喜欢听歌，甚至有共同喜爱的歌手与风格，他们讨论着生活的方方面面，包括吃饭、睡觉，以及关于其他的朋友的一些话题。随着时间的推移，俊杰和泽洋开始变得越来越亲密，他们有时间就出去一起玩耍，一起讨论，俊杰参加了一些活动，取得了不错的成绩，俊杰还教泽洋如何交流，如何表达自己的想法和感受。他们一起参加了一次比赛，虽然他没赢得比赛，但是他很高兴，他们度过了一段美好的时光，也一起面对了许多挑战和困难。友谊是一种宝贵的财富，有时候，我们只需要敞开心扉，坦诚地与别人交往，就能找到那个志同道合的人，无论我们是在学校还是社会中，我们都应该珍惜身边的每一个朋友，用真诚和善良去对待他们，只有这样，我们才能拥有真正的朋友。

傲慢与偏见。《傲慢与偏见》是简·奥斯汀的代表作，它以19世纪初的英国乡村为背景，讲述了贝内特家的五个姐妹的婚姻与爱情故事。其中伊丽莎白与达西之间的爱恨纠葛尤为引人入胜。他们的故事不仅仅是一段浪漫的爱情，更深刻地揭示了当时社会的阶级偏见与个人情感之间的冲突。在小说的开头，伊丽莎白对达西的第一印象极为糟糕。达西的傲慢态度对自己社会地位的过分自信，让伊丽莎白对他产生了强烈的反感。然而，随着时间的推移，伊丽莎白逐渐发现达西并非她最初想象的那样。他的傲慢背后隐藏着善良和正直，他对伊丽莎白的深情也逐渐显露出来。他们之间的爱情故事建立在误解和偏见之上，然而，正是这些误解和偏见，使得他们的爱情更加深刻和真实。他们必须克服自己的偏见，才能真正理解和接受对方。最后他们也是克服了所有的障碍，包括达西的傲慢和伊丽莎白的偏见。他们家庭和社会的期望，以及他们的爱情故事证明了真正的爱情可以战胜一切困难，无论是内在的还是外在的。人之所以傲慢，可能是因为有偏见，人之所以有偏见，也可能是因为自己的傲慢，真正的爱情会冲破这些外在枷锁。

百年浮生若梦。李白在《春夜宴桃李园序》谈到"夫天地者，万物之逆旅也；光阴者，百代之过客也。而浮生若梦，为欢几何？"天地是万物的居舍，时间是古往今来的过客，人生如梦，纷繁变化，不可究诘，得到的欢乐，又能有多少呢？在这浩瀚宇宙之中，我们如同尘埃般渺小，却又拥有属于自己的光芒。每一个生命，无论伟大还是平凡，都在这天地之间留下了自己的痕迹。天地是万物的舞台，它宽广无垠，包容万物。从古至今，无数的生命在这片土地上诞生、成长、消逝。每一个生命都是天地之间的过客，无论他们的存在是短暂还是浪漫。正是这些存在，构成了这个世界的多样性，让这个世界充满了生机和活力。光阴是时间的代名词。它无声无息，无处不在，见证历史的变迁、文明的兴衰。在光阴的长河之中，无数的英雄豪杰、文人墨客留下了自己的足迹。他们的故事，短暂又美丽，刻在了历史的长河之中。在这个世界，每一个生命存在都有其意义和价值。无论是人类，或者动物、植物、微生物，它们都在以自己的方式，诠释着生命的意义，它们也许微不足道，但也是世界不可或缺的一部分。百年之中，我们可以选择如何度过我们的光阴，我们可以选择休憩，也可以选择奋斗。我们可以选择抱怨世事，也可以选择拥抱生活。我们可以选择冷漠无情，也可以选择热心关怀，珍惜每个美好瞬间，难道不是我们一直所期待的吗？

第十一章　时效命运

第一节　真理翻页

在哲学史上，有些观点认为人们在现实世界（此岸）中所认知的真理是有限的或者相对的，而在超越现实的精神领域或者理想境界（彼岸）中存在着更高层次、更绝对的真理。例如，柏拉图认为，现实世界是对理念世界的模仿，现实事物的真理源于理念世界的完美形式。普遍认为，此岸是可触摸、可观测的世界，科学的发展、理想的进步让我们认为，只要不断地拆解、分析眼前的事物，就能将真理掌握在手心。我们运用实验验证物理定律，用数据拆解社会现象，这些基于现实的探索构成了我们对世界认识的真理体系，然而，随着时代的推进，我们会慢慢发现，那些曾经笃定的此岸真理，将开始动摇。

由于世界在不断变化发展，人们会把旧的理论和新的发现作比较，当旧的理论在新的发现面前显得苍白无力时，旧的理论将慢慢退出历史舞台。当我们深入微观

第十一章 时效命运

量子领域时，那些宏观世界里的一些确立了很久的规律似乎失去了效力；当社会结构发生剧烈变化时，曾经的经济和政治理论也需要被重新审视，也就是说此岸的真理将在时代的洪流中被一点点慢慢消解，之后，彼岸的真理曙光开始照亮我们的视野。彼岸真理并非存在于具体的现实之中，而是在人类精神的理想疆域，它可以是对更高精神境界的追求，是对宇宙万物内在的和谐感悟，是超越物质层面的一种心灵共鸣。从某种意义上来说，彼岸的真理像是那神圣之光，指引着信徒们在尘世的苦难中坚守信仰，相信在那看不见的神圣之地存在着永恒不变的法则。从哲学意义上来讲，它可能是哲学家们穷极一生所追求的形而上的绝对理念，那是一种超越现实表象的本质存在。在新旧交替的节点上，人们需要告别那曾经依赖的、安稳的此岸真理，向着彼岸真理开启一段充满未知的旅程。这并非对过去的否定，而是一种超越与升华。此岸的真理会消失让我们学会了谦卑，让我们明白人类的认知是有限的，而彼岸真理的确立，则为我们开启了一扇通往更高智慧的大门，引领我们去追寻那永恒而深邃的真理之光，在更广阔的天地中去探索。

"哲学应该从天上来到人间"，从哲学的发展历程来看，早期哲学常常关注抽象的、超越现实的概念和理念，仿佛置身于高远的"天上"，远离了人们的日常生活和实际经验。然而，这种脱离现实的哲学思考方式在一定程度上限制了哲学的应用和对人类问题的实际解决能力。当哲学"从天上来到人间"，意味着哲学要更加贴近人们的现实生活，关注人类在社会、政治、伦理、道德等方面所面临的具体问题，它不应仅仅停留在纯粹的理论思辨和抽象概念的探讨上，而应当与人们的实际行动、社会现象以及日常生活中的困惑和挑战紧密结合。这种转变使得哲学具有更强的实践性和现实意义，它能够为人们提供关于如何生活、如何做出道德选择，以及如何构建公正社会等方面思考。通过深入研究当下的具体问题，揭示社会现象背后的本质和规律，为社会的进步和发展提供方向。例如，在伦理道德领域，哲学不再仅仅探讨抽象的道德原则，而是关注现实生活中的道德困境，如医疗伦理中的资源分配、科技发展带来的伦理挑战等。在政治哲学中，关注现实社会中权力的运行、公平正义等现实具体问题。总之，"哲学应该从天上来到人间"，强调哲学与现实生活的紧密联系，使哲学成为能够真正服务于人类、推动社会发展和改善人类生活的有力工具。

人是自然存在物和社会存在物的统一。人的自然属性和社会属性是相互联系、相互影响的。自然属性是人存在的基础，而社会属性则使人与其他动物区别开来，赋予了人独特的价值和意义。人的这种统一性体现了马克思主义关于人的全面发展的观点，即人的发展是社会发展和自然发展的统一，是物质文明和精神文明的统一。在社会主义现代化建设中，我们强调促进人的全面发展，就是要兼顾人的自然属性和社会属性实现人的身心健康和社会和谐。从社会存在的角度看，人是社会的产物，具有社会属性。人在社会关系中生活，通过语言、文化、教育、劳动等活动与他人交往，形成社会关系和社会结构。社会属性包括人的意识形态、道德观念、法律规范等，这些都是人类社会特有的现象。人是自然存在物和社会存在物的统一体，从自然存在的角度看，人是由生物因素构成的有机体，具有自然属性，如生理结构、遗传特征和生物需求等。这些自然属性决定了人的生存和发展在一定程度上受自然规律的制约。

人的自然属性和社会属性并非孤立存在，而是相互作用、相互影响的。我们的自然需求和社会环境之间的互动，塑造了我们的行为和性格。此外，人的自然属性和社会属性的互动，还体现在人类的创造力和进步上。我们的智力、好奇心和探索欲，这些自然赋予我们的特质，使我们能够创造工具、语言和文化，从而更好地适应和改造环境。这些创造和改造，反过来又会影响我们的社会结构和生活方式。总的来说，人是自然存在物和社会存在物的统一体，我们的自然属性，如身体构造和生理需求，是我们生存的基础。我们的文化背景和社会关系，塑造了我们的行为和思想。两者相互影响，相互制约。这种复杂的互动，使人类成为地球上独特而多维的生物。通过深入理解人的自然属性和社会属性的统一，我们可以更好地理解自己，也能更好地解决面临的各种挑战。

第二节 活在当下

生命的意义是纯真，我们应该努力保持一份纯真。但是如果一个成年人被评价为纯真，那么这个人可能还有一颗长不大的心。随着一个人的成长，心思就会变得复杂而细腻，甚至还会伴随一些怀疑。在小孩子的眼中，没有太多的道理。他们只管玩、吵、闹，因为无知而快乐，所以快乐在一定意义上等于纯真，只不过时间有点残酷，逼着人们长大了，慢慢地在现实生活中成长，不断地失去，又不断地获得，让自己有能力保护心中那一片纯真的没有道理的快乐。从前有一个老人，他总是穿得破破旧旧的，头发也乱蓬蓬的，每天都会在街头巷尾游荡，嘴里时不时念念有词，大家都不想靠近他，只有一些小孩子偶尔会和他玩。这个老人叫约翰，他年轻时是一名著名的思想家,但是他放弃了一切,成了一个流浪者。有一天,镇上来了一位年轻的旅行者,名字叫托马斯。他对老人的故事很感兴趣,决定去找这位老人。他们见面时,托马斯问了约翰一个问题:"生命的意义是什么?"约翰抬起头,看了托马斯一眼,然后低头开始沉思。托马斯有些失望,但是他没有离开,而是坐在约翰旁边,默默地等待。过了一段时间,约翰终于开口了,他说:"生命的意义是纯真。"托马斯感到很惊讶,他没想到约翰会给出这样一个答案。他接着问:"为什么是纯真呢?"约翰微笑着说:"因为只有纯真的人才能真正地感受到生命的美好,不会被外界干扰,不会被物质权力迷惑,他们只是简单地活着,感受生命的每一刻。"托马斯听了约翰的这一席话,感到有些震撼,他发现他有些迷惑,失去了所谓的纯真,于是他决定改变自己。从那天起,托马斯便尝试放下物质,开始关注身边的人和事情。他帮助需要帮助的人,关心他人的感受,享受生命的每一刻。随着时间的推移,托马斯发现他的生活变得更加美好。

知足常乐,活在当下。我们常常被各种目标和欲望所驱使,似乎永远都在追求更多的财富、更高的地位、更完美的外表。为了实现自己的理想和目标,可能还会幻想着做一些轰轰烈烈的事情,然而在追求这些看似重要的东西时,我们是否停下来思考过什么才是生活的真谛？或许，"平平淡淡才是真"。平淡的生活是人生的常态，这就意味着我们要学会珍惜生活中的每一个瞬间，无论是早晨的一缕阳光，还是夜晚的一轮明月；无论是家人的一顿晚餐，还是朋友的一次聚会，都是生活的一部分，都值得我们用心去体验和珍惜，当我们学会珍惜这些平凡的瞬间，我们会发现，生活原来如此美好。苏格拉底以独特的生活方式和对哲学的深刻见解而闻名于世。他的生活简单淳朴，身上总是穿着一件单衣，甚至赤足行走，这种习惯让人惊讶。尽管苏格拉底的生活在外人看来是那么的艰苦，但是他似乎从未因此而感到不快乐。相反，他总是满足于自己的生活状态，他认为真正的快乐不在于物质的丰富，而在于内心的充实和对真理的追求。在现代社会，我们常常被物质和诱惑所困扰，追求物质的享受和满足，然而苏格拉底的生活告诉我们，真正的幸福来自内心的平静和对真理的追求。知足常乐，活在当下，在这个物欲横流的社会里，追求外在的东西，未必能带来真正的幸福，真正的幸福，来自内心的满足和平静。学会知足常乐，过好当下，我们会发现，生活其实很美好。简单生活，未必是放弃追求和奋斗，而是摒弃烦琐和复杂，追求简单纯粹的生活状态。或许，平平淡淡才是真，才是生活的本质。

接受、改变、放下，是人生的三把钥匙。接受发生的事情，不好的事情尝试着去改变，改变不了就放下。接受是第一把人生钥匙，我们面对突如其来的事情，如果是坏事，比如失去工作、朋友、健康等，这些事情会给我们带来痛苦和困扰，但不得不接受和面对。首先，要学会接受自己的不完美。每个人都有自己的缺点和优点，没有人是完美的，接受自己的不完美，意味着我们没必要为自己的缺点一直感到自责和愧疚，而是积极地去改进和提升自己。接受自己的过去，无论是成功还是失败，都是成长的一部分。其次，我们还要学会接受和他人的不同，每个人都有自己的思想、观点和生活方式。尊重他人的不同，意味着不强迫他人接受自己的观点，也不因为差异而产生冲突；接受他人的不同，可以拓宽我们的视野，丰富自己的体验。改变是第二把人生钥匙。学会接受生活的无常，生活中的变化非常快，没有什么是永恒不变的，接受生活的无常，更好地适应变化，不被变化困扰。然后学会改变自己的思维模式，不要用消极的思维看待问题，不然我们很难找到解决办法。积极乐观的生活态度往往能找到更多可能性。学会改变行为习惯，比如拖延、懒惰，等等，这些行为影响健康。有意识地去做一些有益于自己的事情，如坚持锻炼，健康饮食等。学会改变自己的生活方式，不能总是忙于工作而忽略健康，找到工作与生活的平衡点，给自己留点时间去休息和放松,去陪伴家人和朋友。学会改变是一个过程,需要自己内心的坚定和勇气,不依赖外部环境,独立思考和行动。不害怕未知和确定性,敢于尝试和探索,去进步与成长。放下是第三把人生钥匙。《肖申克的救赎》里有句话是这样说的,"心若是牢笼,处处是牢笼,自由不再外面,而在于内心"。有些事情是我们没有办法改变的,我们无能为力,所以只能放下,有些路途我们无法直接到达,因而选择绕行。我们每个人的能力都是有限的,认识到有些事情超出了个人的控制范围,接受这一点是放下的第一步。我们再对无法改变的事情进行评估,看看是否还有新的意义,把注意力从无法改变的事情上转移到可以控制和改善的领域。放下是个人成长的重要组成部分,认识到自己的局限性,积极发现新的可能性和机会。所以通过接受、改变和放下,我们可以更好地应对生活中的各种挑战,实现个人的成长与幸福。

往前走吧,慢一点没关系。人们喜欢怀念过去,因为以前书信很慢,马车很远,一生只够爱一个人。但是过去的就永远过去了,当下还需要赶路,需要前行,别人可以很着急,很紧迫,但你可以根据自己的情况,实事求是,然后慢一点,也没有关系。其实慢是人生的一种状态,慢一点可以发现生活中的点点滴滴,发现脚下的泥潭,这样在你走的时候,可以从容不迫地绕开那些泥潭。人生的快慢是根据自己的情况来定义的，慢一点，这样你才能看清未来的路。其实生活永远都在进行着，有人发现他被困住而无法动弹，有人却驰骋旷野，追随自由，关键永远是自己的选择。慢一点，你才能欣赏沿途的风景。生活总是匆匆忙忙，我们似乎每一刻都在与时间赛跑，我们不停地赶路，匆匆忙忙地吃饭，甚至匆匆忙忙地生活。这样真的会感到快乐吗？或许慢一点，我们才能欣赏沿途的风景，才能感受到周围的世界。我们可以看到路边的花草，听清鸟儿的歌唱，感受微风的吹拂。这些看似微不足道的事物，让我们感受到生命的美好。在快节奏生活中，适时地缓一缓，给自己一些时间陪伴家人，享受生活中的小确幸，我们才能真正感受到生活的美好，这样可以帮助我们平衡工作与生活。慢一点，你才能找到人生的良药。一件事情到底是结果重要还是过程重要？做一件事情，有人觉得没意义，有人觉得有意义，其中感兴趣才是最重要的，如果你对一件事情感兴趣，那么你就会感受到它的意义，然后追求一个好的结果。如果你对一件事情不感兴趣，你就会觉得非常痛苦，更无从谈论对结果的期许和追求。明确人生目标，努力活在当下，才是最明智的价值观。

第十二章　一种无序

第一节　隔离

在生物学中,隔离是形成单一物种的关键条件。生物学上的隔离是指在自然界中生物不能自由交配或交配后不能产生可生育后代的现象。物种之间的隔离一般不是由单个隔离机制形成的,往往是数种不同机制的组合作用。这种现象是物种形成和演化过程中的关键因素,它阻止了不同物种间的基因流动,从而维持了物种的独立性和遗传多样性。生殖隔离是物种形成的必要条件,它确保了物种在遗传上的独立性,使得物种能够在特定的生态位中适应和演化。一旦生殖隔离机制建立,即使地理隔离消失,原先的种群也不会重新合并,从而促进了物种的分化和生物的多样性。地理隔离是指由于自然地理障碍(如山脉、河流、海洋等)或人为因素(如城市化、道路建设等)导致同一种生物的不同种群分布在不同地理区域,从而无法进行基因交流的现象。这种隔离是物种形成过程中的第一步，它可以导致种群间的遗传差异逐渐积累，最终形成新的物种。据研究，地理隔离在物种形成中比例高达60%～90%，是最主要的隔离机制之一。生殖隔离在物种形成过程中起着决定性作用，是新物种诞生的必经之路。生殖隔离的建立阻止了基因在不同物种间的流动，促进了遗传差异的积累，从而推动了物种的分化。研究发现，生殖隔离可以在不同的地理群体之间迅速确立，尤其是在有明显生态差异化的情况下。生殖隔离的形成是一个复杂的过程，涉及生态、行为、形态和遗传等多个层面的相互作用。生物学上的隔离，似乎给了我们一个启示，就是单一形式下的隔离因素，似乎是先天性地存在，物种之间有一个难以跨越的鸿沟，这个鸿沟本来就是存在的。

一个起点。人生就像一场马拉松，从起点开始便是一个奔跑的过程，从中你会经过很长的路，付出很多时间，见到很多路上的风景，还有不少的人为你加油助威。也有人把刚出生的位置当作是一个起点，毕竟在这个起点上，父母的位置决定了个人接下来的生活状态，所以有人认为，贫穷或者富贵，在出生的那一刻就已经注定。当你站在自己的起点位置上，因为所处的环境不同，人们无法在同一起跑线上，所以那些相对落后的人们可能就要开始奔跑了，所以那些奔跑的人，如果没带雨伞，可能就会被雨淋湿。有句话这样说,"凡事预则立,不预则废。"事先计划是做成事情的基础,无论是一个团队,一个人,做事要有计划,越重要的事情计划越应该周密,做什么、怎么做、先做什么、后做什么,资源如何调配,从中有哪些因素可以调控,哪些因素不能调控。时间因素怎么样,是否有足够时间处理事情,其次是细节,细节是计划的一部分,当制定计划的时候,考虑的细节越周到,做的事情往往越顺利。做好每个环节的规划,这样每一个流程都可以从细节去分析,细节做得越好,做起事情来就越容易取得成功。当然粗糙的人,做事情可以就没有那么多的想法,他们或许只是想着把当前的事情做好,如果一个人没有绝对的计划,那么命运这把推手将会把一些粗糙的事情推至他们身上。也会有很多未知,所以无论如何都要培养自己注重细节的能力,细节其实也是一种态度,一种能力,无论做什么事情,能够提前预备好,做一个详细、周密的计划非常重要的,它可以帮你从容地解答未知。

走一段路,见一群人。有一座城市,在靠近学校的地方有一家书店,书店店主是个年轻人,他的名字叫作明轩。明轩的书店比较简单,但是非常整洁,每一本书都摆放得整整齐齐,书架上也有不少明轩做的分类标签,每当夜幕降临,明轩就静静地在坐在书店里看着来来往往的学生和其他行人。可是有一天，明轩有了一个去看看世界的想法，于是他便暂时把书店关了，开始踏上他的旅程，他背着一个简单的背包，里面装着他的期待。他的目标是走遍全国，看看那些坚守着自己内心的人，听听他们的故事。明轩的第一站是一个小村庄，在那里，他遇见了一位年迈的老人，他每天都坚持在田里劳作。明轩问他："你每天都这样，不觉得累吗？"老人微笑地回答："我热爱这片土地，热爱我的工作，虽然辛苦，但是我乐在其中，我年轻的时候就想着能让这片土地变得肥沃，产出更高的粮食，那是我的梦想。"老人喜欢农村生活，每天晚上在路边的榕树底下乘凉，让他感到安心、舒畅。明轩深受感动，他继续前行着，在他的路途中，遇到了许多形形色色的人，似乎每个人都有着自己心中的故事和执着的事业。明轩来到了一所学校，碰见了一位老师，她热爱她的学生，甚至还自掏腰包把自己的学生送去上大学，明轩问她："你为什么这样做？"她说："我是一名老师，我见不得我的学生考上了大学，由于无法承担学费而放弃入学，放弃了他们的前途。"老师深邃的眼里充满了慈悲，明轩感动得流下了眼泪。明轩继续往前走，一次，明轩生病感冒了，他不得不去了一趟医院，他看到医院里的人们忙忙碌碌，救死扶伤，与时间赛跑。他意识到每个人都在自己的领域里努力着，

哲意

坚守着。他们面对困难和挑战，从来没有放弃过，有人是企业家，他们在用心做企业，开的超市深受顾客喜欢。有人是艺术家，他们用自己的才华和创造力，为世界带来美丽。明轩被他们的故事所感动，他明白，人们坚守自己的这一段路程的不容易。旅途的最后，明轩决定将这些经历记录下来，他回到自己的书店，整理编辑摘录，希望有朝一日可以写出一本书。明轩走了一段路程，他明白了坚持的重要性，他见了很多人，他发现不忘初心并不是一句空话，而是一种生活态度和人生追求。无论我们身在何处，无论我们面临何种困难，只要我们坚持，就一定能走出属于自己的一条道路。坚定信念，勇往直前，学会从他人身上汲取力量和启发，不断提升自己，为实现理想而努力。坚持自己的一段旅程，在这个过程始终保持着热情和坚持理想，我们就一定能实现自己的价值和目标。

起码要确立一个目标。一个人至少要确立一个目标，那是前进的动力，也是生活的希望，这个目标不一定要很远大，最好是贴近于现实而又稍高于现实。目标可以是短期的，也可以是长期的，短期的目标较为具体，且目的性明确。长期的目标相当于是一个关于未来的计划，它可以是较为长远且抽象，只有一个努力方向的目标。在个人成长方面，可以根据自己的兴趣爱好，制定学习计划，比如定期看一些名著，学习新语言、新技能（如绘画、书法、乐器等），并保持一段时间。在职业发展方面，锻炼自己的职业技能，分析行业发展趋势，掌握从事的职业技能，精通行业软件，根据工作环境，制定职业发展目标。在运动健康方面，根据自己的身体状况，制定合理的运动目标，例如每天进行仰卧起坐，俯卧撑，或者每周进行有氧运动，等等，或者学习新的运动（瑜伽、篮球、游泳等），保持健康的饮食，每天保持摄入一定量的蔬菜和水果。确立一个清晰的目标是我们获得成功的关键，如果我们可以明确自己的愿景，希望自己在接下来的一段时间里达到什么样的成就，这样的愿景应该是激励人心的。在此愿景之下，我们还应该诚实地评价自己的能力和资源，一些外部因素会影响我们的目标，提前思考可能遇到的问题，并且尽可能根据实际情况去调整计划，缩短理想的目标与现实的差距。

第二节 无序

无序扩散。无序扩散又称为不规则运动，在自然界中不规则运动有着独特的演绎方式，例如生物的多样性、气体的不规则扩散。这些不可预知的变化是自然发展中不可或缺的一部分。在微观世界中，不规则运动在分子和原子之间表现得最为直观，它们之间呈现不规则运动，在探索这些运动的过程中，人们发现，尽管单个粒子的运动轨迹不可预测，但大量粒子聚集时，整体的行为将呈现一定统计规律性，这种现象被称为"统计力学"，分子和原子相互之间会产生碰撞和摩擦，分子与分子之间也会产生融合，比如不同化学染料之间进行的调配，产生新的鲜艳颜色。这种不规则运动在科学研究和工业生产之中有着广泛应用。在自然界中，不规则运动表现在生物的运动轨迹上，如天空中鸟儿的飞翔，它们的飞行轨迹不是固定的，而是随着空气的流动和自身的需求（繁衍或觅食）产生变化。这些运动是为了能让鸟儿能够更好地适应自然界的变化，同样的不规则运动在海洋中的生物也普遍存在，鱼儿在水中游动时，它们的运动轨迹看似杂乱无章，但形成的群体却可以产生更高程序化的行为，捕食或者躲避天敌，这些行为具有灵活性和高效性。在人类社会中，不规则运动同样有所表现，最明显的是人与人之间的兴趣爱好不同，由于这些兴趣爱好的不同变化，导致了人群之间的移动方式不同。除此之外，股市的波动、城市的交通，街边不同的生意模式，都是不规则运动的表现，这些不规则运动反映了人类社会的复杂性和动态性，对经济、城市规划、社会研究、文化

第十二章 一种无序

发展等领域起到不可或缺的作用。

不同的性格决定了不同的命运。有人说性格是与生俱来的，有人说性格是可以改变的，性格与命运之间往往有着某种关联，很神秘、很深奥，但是不同的性格往往预测到个人不同的命运。自古以来，性格被认为是决定人的命运的重要参考因素，不同性格的人往往会有不同的人生思考模式、决策方式和人际交往秘诀，这些个人性格在一定程度上决定了个人的命运。当然性格是不是命运的决定性因素还不完全明确，但是一个乐观、积极的人，往往更能在困境之中寻找机会，他们坚韧不拔，勇于尝试，始终相信有着更好的解决方案。相反，一个悲观主义者，在困难面前往往会感到无助、绝望，从而放弃努力。不同的人生态度决定了不同的命运，也会产生不同的结果，就是我们所说的将产生不同的命运。性格温和的人往往更受欢迎，他们情绪稳定，不会经常生气，也不会大动干戈，这样的人往往能够获得更多帮助和支持，在人际交往中往往更加自信和从容，这有助于他们获得认可，取得成功。性格不是决定命运的唯一因素，外部的环境、机遇、努力等因素，也是影响自我成长的一部分。在一定程度上影响和塑造着他们的命运，总之，性格与命运之间存在着密切关系。

缤纷色彩闪出的美丽，是因为它没有分开每种色彩。

哲意

缤纷色彩是一种视觉上的美丽，这种美丽是一种自然的表现，色彩是大自然赋予世界的礼物，也是生命中不可或缺的特征。蔚蓝的天空，碧绿的大海，白皑皑的雪山，金黄色的夕阳，色彩赋予了这个世界各种各样的颜色，让自然发挥出其独特的魅力。世界上没有两片完全相同的叶子，也没有两片一样的小雪花，色彩具有独特性，每种色彩都有着不一样的韵味和故事，例如，红色代表奔放，是热烈和爱情的象征，也是力量的代表；蓝色，他代表宁静、深邃，是智慧的象征，也是宁静的代表；绿色，它生机勃勃，有着成长的力量，是生命的象征，也是希望的代表。这些色彩被赋予的意义，是这个世界的灵魂，共同组成了这个五彩斑斓的世界。缤纷色彩闪出的美丽在于它的和谐，尽管种类繁多，由于不同的颜色搭配，它们能组成一幅美丽的画卷，每种色彩都有着其存在的价值和意义，它们相互依托，相互映衬，构成了这个世界的美丽。色彩不是静止不变的，随着光线的强度、环境的变化、观察的角度不同而发生变化。这种变化，使得色彩具有生命力，充满了力量。例如，清晨和傍晚的火烧云、雨后的彩虹、夜晚的星空，这些变化的色彩，放眼望去，美丽又迷人。似乎这些颜色带上情感一样，在欣赏的时候，内心的声音也被呼唤，原来世界是这样子的，看天空的时候，更喜欢它是蓝天，看大海的时候,更喜欢它平静,看雨后的彩虹,喜欢它的七彩斑斓,见星星,见月亮,喜欢它的闪烁和皎洁,原来这是内心的喜欢,这些颜色赋予自然的活力,是生命的礼赞,是情感的升华,装点着生活的美丽。

一千个人眼中就有一千个哈姆雷特。在文学的广阔天地中,每一部作品都像是一扇窗户,开了这扇窗,我们可以看见不同的世界和人生。《哈姆雷特》这部作品,之所以能常看常新,成为世界文学宝库中的瑰宝,是因为它具有无限的解读空间。哈姆雷特这个角色充满了复杂性,他有着王子的贵气,又有着哲学家的深沉,他的这些特质可以让读者能够从不同的角度去理解和解读他。有人说他是一个哲学家,对于生命、死亡和道德等问题有着自己独到的见解。《哈姆雷特》这部作品的主题具有多样的特性。它涉及了复仇、爱情、死亡、疯狂、道德等多个方面,每个方面都可以被深入挖掘和解读,这种多样性使得《哈姆雷特》成为一个可以不断被重新解读和阐释的作品。莎士比亚的语言丰富而富有弹性,他的台词往往可以有多种不同的理解和解释。同时,他的戏剧形式也具有很强的开放性,使得不同的导演和演员可以根据自己的理解进行不同的演绎。《哈姆雷特》能引起很多人的解读,它所涉及的是普通人的经验和情感,无论是复仇、爱情、死亡,还是疯狂、道德、文化,这些普遍关心的问题,在不同时代背景下,依然有着不一样的表现和见解,或许这部作品是一面镜子,可以引发人们对不同时代不同文化背景下的问题的哲学思考。《哈姆雷特》之所以能够引起诸多解读,因为它在主题、语言形式下的人类经验和情感思考上具有无限的解读空间,它是一部可以不断被阐释的作品。

第十三章 情绪行为

第一节 情绪

相濡以沫不如相忘于江湖。在《庄子·大宗师》里有这样一句话,"相呴以湿,相濡以沫,不若相忘于江湖。"这句话寓意深刻,是人与人之间关系的一种微妙合拍。相濡以沫,代表着在困境之中人与人之间的相互扶持,原文的意思是描述两条鱼儿在干涸的池塘里,为了生存用唾液相互湿润双方。当然困境中人和人之间的相互扶持是一种常见的现象,但是在一定条件下,这种关系可能脱困,所以这不是一种理想状态。为什么说,相濡以沫不如相忘于江湖呢?其实,相忘于江湖是一种超脱于世俗的精神境界,这里的江湖指的是更广阔的世界。相忘于江湖,忘记彼此的存在,在广阔的世界中自由地生活,如果可以,那就超然物外,无拘无束。这种高度理想的状态可以察觉自己内心最真实的想法,不再受外界约束,可以充分发挥自己的潜能。而相濡以沫则是代表患难与共的精神，但命运是如何安排的，人们无法得知。相忘于江湖不代表着人与人之间的感情就没有了，相反，他是一种更加深刻的感情体验，只有在真正广阔的世界中，人与人之间忘记于彼此之间的感情关系，在下一个时刻，人们才能真正了解彼此，实现心灵的沟通，这种沟通没有物质，只有精神，相互之间没有世俗的眼光，达到了相互之间的默契和理解。

　　行为产生价值，情绪影响价值。在人类漫长的历史长河中，情绪和行为一直都是价值产生和变化的重要因素。行为是我们实现目标，与外界互动的直接方式，不仅反映了个体的真实想法，还塑造了外部形态，如努力地学习、勤奋地工作等这些产生价值的行为。而情绪则是自我世界的晴雨表，乐观、自信、积极等态度可以激发我们的潜能，进而产生更大的价值。焦虑、沮丧、悲观等态度则影响着个体行为的选择，这在更深层次塑造了人们对价值的认知和追求。行为产生价值，在经济学中得到了充分体现，经济行为如生产、交换、消费和需求表现等，是产生价值的基础。在生产过程中，人们可以通过劳动将物质资源转换为有用的商品和服务，在这个过程中创造了价值，在交换的过程中，实现了价值的传递和增值。在使用商品的过程中，满足了自身的需求，最大价值在这一刻得到实现。然而，行为的价值不仅仅表现在经济活动中，在一些道德和社会文化层面，诚实、守信、热心助人，也是一种精神价值，相互影响和进步。同时文化行为也会产生不一样的价值，最为直观的是文学艺术的创作，等等，这些文化行为深刻影响着社会发展，创造了巨大的价值。情绪是人的一种体验，深刻影响着人们的选择和行为效果，也影响着人们对价值的认知和追求。如快乐、满足、热爱，能够激发人们的积极行为，提高行为的效果，愤怒、焦虑、恐惧则可能产生消极行为，降低行为效果。而行为产生价值，所以情绪也影响着价值的变化。一个积极乐观的员工，往往能够更加投入地工作，创造更大的价值，一个焦虑的投资者，可能会做出冲动的决策，导致价值的损失。总而言之，行为和情绪是影响价值产生和变化的重要因素，我们应该认识到情绪和行为对价值的影响，努力培养积极的行为和情绪，提高行为效果。时刻关注情绪和行为对价值产生的负面影响，学会自我调节和管理，避免情绪的极大变化而影响做出消极行为。注重培养积极的行为习惯和情绪态度，通过积极行动创造价值。积极情绪去面对生活中的挑战和困难，保持积极向上的心态。

情绪不好的时候，记得去喝水。生活中往往会遇到很多难以忍受的时刻，工作中的不公、生活的一次误解、社会中的不平等，等等，它让人愤怒，愤怒就像一团火，在我们心中燃烧,蔓延的情绪显露出不安与焦躁。这个时候,喝口水冷静一下吧。喝水,其实是一个简单的动作,但你在愤怒的时候,去喝口水冷静一下,或许就会带来不一样的结果。愤怒的情绪会让我们产生一种叫作皮质醇的激素,这激素会导致我们心跳加速,血压升高,烦躁不安,喝口水,就能降低皮质醇的水平,让我们心跳恢复正常,降低血压,变得冷静。喝水不仅仅可以让我们回归冷静,还可以给我们一点空闲,去解放心理上的压抑。喝水其实是一面镜子,让我们看到了自己的愤怒、冲动,也会让我们看到自己的错误。或许在喝水这个短暂的片刻,你有机会看清现实,从而理智地判断到底值不值得愤怒。

现实不完美,完美不永恒,永恒不现实。现实生活中,人们对完美的追求永不止步,我们渴望追求完美,渴望一切能如愿。然而生活往往不尽如人意,总有一些事情会让我们抱怨,比如生活太苦,工作太累,人际关系太复杂,世界太不公平,但抱怨没办法改变,只会让事情变得更糟。世界上没有绝对完美的事物,每个人每件事都有其不足之处,我们总是看到别人的优点,看到别人的成功,羡慕别人的生活,但是别忘了自己也有长处,不要放弃谋求自己的幸福。每个人都不是完美的,用心去发现自己的闪光点。拥抱残缺,毕竟完美不永恒。世界上没有永恒不变的事物，一切都在不断变化之中，我们今天觉得完美的事物，明天可能就会变得不完美。所以，不必刻意追求完美，学会接受生活中的不完美，只有这样我们才能体验到生活的美好。学会接受失去，毕竟世上没有永恒不变的事。我们难以改变很多事实，但我们可以改变的态度，学会珍惜眼前的人和事，过好当下。

第二节　行为

做自己就好了，自己为自己撑伞。莫言在《晚熟的人》里说道："本性善良的人都比较晚熟，并且是被劣人催熟的！后来虽然开了窍，但仍然善良与赤诚，不断寻找同类，最后变成一个孤独的人。"每个人都是独一无二的个体，有着自己独特的性格、梦想和追求。然而，在生活的洪流中，我们常常容易迷失自我，为了迎合他人的期待或者社会的标准，改变自己的初衷，压抑自己的个性。这样的生活往往会让人感到疲惫。其实做自己才是最真实的选择，做自己意味着要独立思考，不依赖别人的意见，坚守内心的信念，不随波逐流，不盲目跟风，我们做自己的时候，也意味着要勇敢去面对困难与挑战，坚持不懈地追求自己的梦想，做到最好。"自己为自己撑伞"则是一种独立坚强的态度,生活中会遇到许多风雨,没有人会一直陪在我们身边为我们遮风挡雨,我们要依靠自己的力量,勇敢面对困难,自己为自己撑伞,学会自我保护,自己有足够的勇气去面对生活中的种种困难和挑战,如此,我们会变得更加自信和强大,从而实现自己的价值。

忍受属于自己的悲伤,才能体会什么叫作真正的幸福。这句话蕴含着深邃的人生哲理。其实这也是许多人一生都在探索的课题。悲伤和幸福,如影子与阳光,只有经历过风雨的洗刷,才能看见阳光底下的彩虹。悲伤在生活中是一个不太好的现象,悲伤的生活如同阴霾,使人失落、无助。正是这些感受,让我们感到珍惜,因为每一次成功,每一次快乐,让自己幸福的东西,都来之不易,所以我们学会了珍惜那些曾经拥有的美好,懂得了感恩生活中的点滴。但悲伤让我们明白生活的真谛,生活不是一帆风顺的,它充满了挑战和困难,悲伤也让我们明白,生活是苦乐相随的,正是这些痛苦,让我们明白生活的真谛,让我们明白幸福的含义。幸福不是没有悲伤,而是在悲伤中找到希望,找到勇气,找到坚持。当我们从悲伤中逐渐走出,重新拥抱生活时,会发现幸福是那么清晰,它不再是追求表面的繁华与虚荣,而是内心的宁静与满足。一个微笑、一次拥抱、一段真挚的友情，其实都有幸福的滋味。忍受属于自己的悲伤，才能体会什么叫作真正的幸福。

不要以伤害别人为代价去谋求幸福。幸福是每个人心中的渴望与追求，有人渴望事业成功，有人渴望家庭美满，有人渴望身体健康，然而有些人在追逐幸福的过程中，迷失了方向，采取了错误的方式，它们为了满足自己的欲望，损害他人的利益，伤害他人的感情。这种以伤害他人的手段获取的"幸福"，往往是短暂而虚幻的。建立在他人的痛苦之上的快乐，终究无法带来内心的安宁与满足。与他人共享快乐，这样获得的幸福才是持久而有意义的。在追求幸福的过程中，我们应该时刻警醒自己，幸福不是孤立存在的，而是与他人的幸福紧密相连的，我们的幸福，不仅仅取决于我们自己的行为和选择，也取决于他人的行为和选择。如果我们可以为他人创造幸福，帮助他人解决问题，关心他人的感受和需求，这样我们也可以获得更多的幸福，促进社会和谐与进步。

慢走与快跑。人生是一段漫长的旅途，在这个过程中，我们面临着无数的选择和决策，有时候我们会犹豫不决，不知道是该稳步向前还是该奋力奔跑，或许，知道什么时候要慢什么时候该快，才是人生的智慧。其实"慢走"，是一种稳健的姿态。当我们面对一个未知的领域的时候，我们保持谨慎，仔细观察周围环境，积累经验，为后期打下基础。只有沉下心来慢慢走,才能让我们思考,调整方向,看清路况。才能走得稳,走得远。特别是在做市场调研的时候,从制定计划,到实地走访,详谈,获取数据等,每一个过程都需要付出时间和精力。而"快跑",则是抓取机遇的最佳方式。当我们已经做好准备,拥有足够的资源和能力的时候,我们要毫不犹豫加速前进,才能在激烈的竞争中脱颖而出。懂得何时走,何时跑,是一种智慧,也是一种能力。

第十四章　缘起缘灭

第一节　缘来缘去缘如水

遇见是一种缘分。"遇见"是一个美好的词语,《滕王阁序》里有这样一句话,"萍水相逢,尽是他乡之客",人生是一条蜿蜒的河流,每个人都是河流中的水滴,有时候独自流淌,有时候争相交汇。相遇就好像是两个人在茫茫人海之中的相互"回眸",明明你不认识她(他),但又有似曾相识的感觉。有相似经历的人会遇见彼此的。在大城市里生活的朋友,坐地铁上下班是工作通勤的常见方式,在某些特点时刻,往往是人们集中通勤的高峰时刻,比如早上上班或者晚上下班时刻。这个时候,我们会遇到各种各样的人,有时候相遇的人们会擦肩而过,有时候相遇的人们会产生共鸣,一路上总有人不断上车,也有人不断下车,我们会在某个角落遇见那些与自己相似的灵魂,可能大家有着相似的笑容,又或者相似的梦想,让你觉得其实你并不感到孤单。这个世界上的每个

哲意

人都在经历着各种各样的人生旅程，如果在某些特定的时刻，遇见那些有着相似经历的人，又会发生怎样的故事？我曾经遇到过这样一位有相似经历的人，他的名字叫韩东，韩东经历了一次职业上的重大挫折，心情低落。那天我们在一家书店相遇，我们当时都在看书，他看起来二十几岁，穿着一身棕色外套，眼神中略带忧伤，他好像是在寻找什么东西，那些可以让他忘记烦恼的东西，我们无意之间在书架上同时拿起了一本书。我们相互对视，然后笑了笑，我们又同时放下了，这本书叫《遇见》。我们便开始交谈，起初我们只是聊一些关于书籍的话题，后来我们慢慢深入，谈到各自的生活，描述着各自的过往，他描述了他在职业上受到的挫折，失去工作，又想着重新找到自己。我听着韩东的故事，心里产生了共鸣，原来我并不孤独，有人有着相似的经历和挑战，韩东他的故事给了我很大的鼓舞，他和我说，失败是成长的机会，重要的是学习，然后继续前进。自从那会我们相识，韩东成了我最好的朋友，我们相互支持，相互学习，共同进步。其实，遇见相似经历的人，是一种难得的缘分，彼此间也更能理解彼此，因此感恩遇见，学会珍惜。

"人生若只如初见，何事秋风悲画扇"，纳兰性德《木兰花·拟古决绝词柬友》中的这句话表达了诗人对人与人之间的美好际遇的怀念之情，但时间的流逝会让曾经

第十四章　缘起缘灭

的美好变淡，画扇扑流萤，秋风送落叶。当秋风吹走炎热，也吹走了人们的热情，没有了夏日的炎热，画扇也失去了作用，人生若只如初见那该多好，初见是欢喜，再见是平淡。初见是盛夏，再见已经是回忆。人生不总是如初见模样，时间会改变一切，感情也会流逝而变化，曾经的爱人，可能因为某种原因而离开，甚至远离消失，我们回首过往还想抓住，却无法再次遇见，所以失去了曾经拥有的美好，但那些初见的记忆和感觉，将永远留在我们心中。有句话说得好，"众里寻他千百度，蓦然回首，那人却在灯火阑珊处"，是辛弃疾《青玉案·元夕》中的名句。描写人们在元宵节的夜晚，子茫茫人海之中寻找心爱的人，最后在不经意之间，在意想不到的地方重逢了。这种意想不到的浪漫和惊喜，实在是委婉又深刻。众里寻他千百度，其实是一种寻找的状态，在茫茫人海中寻找一个特定的人，犹如大海捞针，需要付出极大的耐心和毅力，不仅要在这茫茫人海里寻找，还要在内心深处翻找，这种寻找既是思念，也是渴望。"蓦然回首"和"灯火阑珊"则是两者不同的状态，"蓦然回首"是不经意之间的回眸，有句话说的是"回眸一笑百媚生"，或许这种回眸才是那个特别的她被值得发现的地方。而"阑珊"则是指稀疏，可能那些真正的美好，被隐藏在了看不见的角落。所以，在寻找的时候，不要忘记欣赏身边的风景，不要忽视那些看似不起眼的人和事。

　　自己不做选择，上天就会帮他做选择。路途中有一个十字路口，你会去看路标吗？当然，跟着路标可以省去很多麻烦，生活其实充满了各种各样的选择，有微不足道的日常选择，比如穿什么样的衣服，吃什么样的早餐，做些什么事情，等等，也有一些至关重要的选择，比如结婚、生娃，择业，学习一门独有的手艺，等等，选择其实需要勇气和决心，因为有时候做出了选择，就意味着放弃了另一方面的可能性。有时候我们会发现，在面对复杂的情况时，选择会带来未知的结果，又或者说选择超出了承受的范围，在这时，不做选择，似乎是一种选择，可能会错过，也可能会失去，陷入停滞不前的状态。做选择其实不可避免，每次选择都会带来不同的结果，塑造着我们不同的人生轨迹。做选择并不意味着我们一定会成功，但不做选择则意味着放弃自己对生命的掌控。缘分也是当下选择所创造的能量，将在未来演化与之匹配的事物。我们的思想、情感和行为都会迸发特定能量，这些能量会吸引与之相匹配的事物和经历，这个概念在很多场景中有所应用，如吸引力法则、东方哲学、科学中的分子对接，等等，对于人来说，选择正能量的方向就会遇见正能量的事物。如坚持乐观、感激，就会吸引积极的事物和经历，选择悲观、恐惧，则会降低自己的能量场，这些影响着我们对世界的感知和状态。选择了一个方向，便会走向选择的那条路，这条路上会遇到那些和你做了共同选择的人，你们可能是一路相伴，相互学习的朋友，也可能是竞争对手。培养自己积极的能量场，通过自我对话和肯定，提升自己的内在能量，学会感恩，接受当下，避免负面情绪，学会积极调控自己的心态，采取行动，寻找方法，这样不仅能改善自己的状态，也能对周围环境产生积极影响。

第二节　水能载舟亦能覆舟

"宰相肚里能撑船"是中国的一句俗语，常常用来形容一个人度量大，能容忍别人犯下的错误和缺点，不计较小事，这句话常常用来形容一个人有气度，心胸广阔。在《后汉书·陈宠传》中有这样的记载，说陈宠是东汉时期的一位名臣，他为人宽厚，能容纳各种人和事。有一次他的部下犯下了错误，陈宠并没有严厉处罚，而是以宽容的态度对待，人们都称他"宰相肚里能撑船"。在现实生活中，能容纳各种各样的人和事，其实是一种非常宝贵的品质。一个人如果不为小事而斤斤计较，也能原谅别人的过失，这样的人才能得到他人的尊重和信任。

宽容，作为一种博大的胸怀，超越了狭隘和嫉妒，是一种美德，也是一种智慧，一种开阔的心境和宽广的态度。也可以减少冲突，在工作和生活中，我们常常会遇到各种各样的人，每个人都有自己的优点和缺点，如果我们能像"宰相肚里能撑船"那样对待别人，多一些宽容和理解，这样我们才能更好与他人相处。我记得这样一个故事，有一次，明轩在路边玩藤条，他把藤条拽在手中不断地甩动，一不小心把路过的小聪手上的玩具打在地上摔坏了。明轩意识到了错误，赶紧道歉，但是小聪并不领情，他接着把明轩的藤条给折断了，明轩很生气，那是自己好不容易找到的藤条，他心里很不是滋味，老想着要报复小聪。嘴里还不停嚷嚷着，被明轩的好朋友小李听见了，小李很是关心，然后问明轩发生了什么事情，于是明轩把事情全部告诉了小李，小李听完了明轩的陈述，笑着对他说："你看你把人家的玩具弄坏了，人家弄坏你的藤条不是很正常的事情吗？其实他可能是觉得你的道歉没有诚意，所以他不甘心。你就不要理会他就好啦。"明轩听了也觉得有道理，于是他就不打算报复了。学会谅解，是自我的解脱，报复是以相互伤害为代价的过程，赢了一时欢喜，输了顶心顶肺。"金无足赤，人无完人"，谁都有犯错的时候，当一个人犯了错，或者伤害了自己，何不给对方一个宽容的微笑？

第十四章　缘起缘灭

水的形态取决于外部环境的模样。水很常见，陆地上有淡水，但含量并不高，96.5%的水都存在于海洋中，这些海水覆盖了地球表面的71%。还有一些水蒸气漂浮在大气层。我们知道一般状态下水是液态或固态，但大多情况下水没有固定的形状，除非它被盛装在不同形状的容器里。当它被倒入方形的容器中，它就是方的，当它被倒入圆形的容器中，它就化成了圆的模样。水从不以固态形态示人，而是顺应环境，灵活改变自己。在不同的环境下，水呈现出了不同的特点。水冷成冰，水热成气，翻手为云覆手为雨。这种自然的变化对周围环境产生重要影响，这让人联想到人的一生，总会遇到周围许许多多环境的变化，这些外部环境的变化促使我们需要像水一样改变，调整自己的姿态和方式，去融入环境。在学校，我们就要遵守纪律，保持专注；在工作岗位，我们就要尽心尽责，发挥自己专业能力，与同事保持良好的关系；在激烈的竞争环境里，不仅要展现自己的实力，还要变得棱角分明。水的结构从未发生改变，但水的形态取决于外部环境的模样。这一自然现象，给我们诸多启示，或许是水的不断坚守自我，才造就了这个美丽不断变化的世界。

"水能载舟，亦能覆舟"出自《荀子·哀公》中孔子与鲁哀公的一段对话。孔子当时告诫鲁哀公，作为君主，应当时刻保持警惕，民众的态度往往能决定国家的命运。事物往往有着双重性质，在利用这些事物的同时，往往需要注意可能产生的风险。在现代社会，"水能载舟，亦能覆舟"的道理往往具有深刻意义，一家企业如果能够尊重员工权益，提供良好的工作环境和发展机会，员工就会为企业发展贡献力量，推动企业不断向前发展，反之如果企业不断压榨员工，一味追求利润，必然会导致员工的不满和流失，影响企业发展，员工和企业其实是相互依存的关系，一家强大的公司不仅能持续盈利，还会赢得人心，权力是一把双刃剑，既可以用于造福社会，又能导致灾难。在社会发展的过程中，经济发展可以不断提高人们的生活水平，但忽视环境的保护和社会的不公，也可能导致社会资源枯竭，"水能载舟，亦能覆舟"的道理提醒我们，任何事物都有两面性，我们在面临选择的时候，需要考虑各种可能的结果。

  自我异化的神圣形象被揭穿，揭穿非神圣的自我异化形象就成了历史任务。非神圣的形象其实指的是政治与法，人本质异化的产物有很多，如劳动、商品、消费、社会关系，摆脱自我异化，需要我们有勇气去审视自己的内心，反思自己的行为和价值观，打破传统束缚，培养独立思考的能力，追求物质财富并没有错，精神世界的滋养也需要跟上，不需要一味地为了财富而去迎合他人的期待，失去了自己原本的模样，成为别人眼中的"完美模样"。更多时候我们只是需要营造一个真实、包容、多元的自我环境。

第十五章　有理无言

第一节　承诺

不要随便好吗，这是我们常常听见的一句话。"随便"这个词语，在不同的场合下有着多种含义，大部分人其实是不太喜欢"随便"这个词，因为它代表着随意或者一种无所谓的心态或态度，干什么都可以，没有预先的选择，随机决定。当一个"随便"被说出口，如果对面是知根知底的好友，或许他会知道你想要的是什么，但如果彼此不是特别熟悉，别人可能就要猜测你的心思或者想法。所以如果大家是刚见面的新人，建议最好就是，不要随便。有人说"随便"是一种逃避的心态，当面对抉择或者需要承担责任的时候，轻易地说随便，那就是在逃避或者不愿意做决定，人与人之间过度使用"随便"这个词可能会让对方感到无所适从，甚至产生误解，他们往往会认为这是对事物本身的不尊重，或者不够关心。当别人在乎的时候，你就得少"随便"了。当然，"随便"

并不总是贬义,生活中有一些"随便"能给人带来一些意外的惊喜,当与好友、同伴一起去玩或者去一些地方的时候,有时候一句"随便"则是肯定大家的想法,不固执己见,体现出对他人的尊重和一种随和的生活态度。

有时候,承诺经不起考验。承诺是参与方一起约定俗成的诺言,在歌曲《诺言》里,有几句歌词很触动人心,"我不明白这世界为什么,会让我感到那么多悲伤,我不知道相爱的两个人,留不住一个褪色的诺言"。承诺其实是建立和维持信任的关键,情侣之间的诺言往往是最为深入人心,一个最初的想法往往是基于美好的幻想而做出的承诺,当这个承诺慢慢得到兑现,两者相互间的信任就会逐步建立,承诺与责任紧密相连。当一个承诺,由于年少无知,超出了自己能力的承受范围时,承诺就会经不起考验。在刘海栖的作品《诺言》中讲述着这样的故事,有八个稻草人被赋予了生命,它们约定为了实现理想去外面的世界闯荡,它们不甘心一直待在田里,它们齐心协力想逃出稻田,想亲身感受这个精彩又充满危险的世界,它们有的被当作上墙的材料,有的差点被牛吃掉,还有的阴差阳错得了运动会冠军,最终稻草人克服了重重困难,弄懂了合作的意义,也收获了许多友谊,明白了世界具有复杂性和多样性,最终稻草人选择回到自己的家。有时候承诺是人生路途中的一盏明灯，它指引着我们前行，给我们很多意想不到的收获，有时候也会因为成长的变化而发生改变，或许是没有深思熟虑地考虑到自身标准的问题。它并没有当初所想的那样美好，所以有时候承诺并不是没有坚守，而是不断失去出发时的动力。

没有把握的时候，不要轻易做出承诺。明确自己没有把握的时候，不能随便做出不能履行的承诺，这其实也是对自我能力的最好考量，不轻易承诺首要的前提是自己需要有清晰的自我认知，这意味着我们需要了解自己的能力、局限和真实需求。不轻易承诺其实是对自己负责的态度，如果盲目许下承诺，却又无法兑现，就会损害自己的信誉，毕竟在时间面前，任何承诺都是苍白的。不轻易承诺，其实是对他人的一种尊重。如果我们答应了别人的请求，却无法兑现，不仅自己会受困，对方也会因此受到损失，双方都会陷入两难的境地。不轻易承诺，其实也有许多好处，不仅能让我们保持内心的平静，也能使自己的话语更有分量。在确保自己能履行的情况下，做出的承诺，人们才会更加信任你。在这个快节奏的时代，诱惑和冲动无处不在，焦虑和压力也如影随行。当你真正有能力去完成或者专注于某件事情时，才会有更高的效率和成功率。这时的诺言才是有效的。

所有外界的期盼、尊荣、尴尬、失败的恐惧，在面对死亡的时候，都将烟消云散。每个人的生命只有一次，正因为如此，我们经历的情感、思想才显得如此宝贵。期盼是生活的希冀，是心灵的指引，有些人活着只是为了一份期盼，期盼自己能够早日实现理想，期盼自己有朝一日可以拥有美好未来，期盼着能有一天可以活成自己想要的样子。然而生活可能只能给你一个期盼，在漫长的生涯中，期盼并非一个轻而易举就能实现的过程，它可能需要不断付出漫长的时间和不懈的努力。在这个过程，我们不断学会坚持，学会成长。直到最后才会发现生活其实是一个不断期盼的、充满了未知的过程。走向所期盼的旅程，可能会获得尊荣，也可能会变得卑微，因为这一路上并没有太多值得惊喜的东西，只有斗争和挣扎，犹如一潭死水。

失败是令人伤心的，有时候是无法接受的现实，也彻底失去了信心，失去了一切无法通过自己的努力而拥有的东西。或许这些外在的期盼和尊荣，只是自己活着时追求的物质向往，在面对失去的时候，那些有所保留的情感，或许还能有一丝牵念。其实亲人之间的陪伴才是我们前行的最大力量，家人的帮扶是我们的最大福气。朋友也是重要角色，在关键时刻，他们会伸出援手，与你同行，共同进退，在生活中给你一份珍贵的关怀。除此之外，爱情的美好，自然的美丽都是自己最珍贵的回忆。

第二节 无言

一个眼神，其实就懂了。人与人最好的相处方式，是知道对方的目的，在如今的社会和生活中，一个人是很难独立去完成一件事情的，毕竟很多事情关系复杂，千丝万缕，一个经历丰富的成功人士，往往能够洞察人的内心，他们能够通过现象看到本质，特别是你给别人所见的"第一眼"，我们要给别人留下一个好印象而不是一个坏印象，无论是从事什么行业，无论想和谁建立关系，第一眼印象是取得成功的第一步，如果去见客户，就应该着装得体，以专业的知识去解答问题。至少代表着一定程度上的尊重，这样相互之间才能产生信赖。当然在很多场合中，人与人之间的配合是至关重要的。所以，在某种程度上，肢体语言所传递出来的信息，往往具有及时性和关键性，人具有环境性，凶狠的眼神往往给人带来恶意、愤怒、焦虑等信号，善意的眼神往往能给予他人阳光、积极、包容的信号，不同的眼神给人留下的印象不同。

是抱怨，还是无言。抱怨就是表达对别人的不满。自己的期望无法获得满足，对某种结果失望，本质上这是一种情绪反应，人不可能总是遇到顺心的事情，过度的抱怨是一种消极的状态，长期下去可能会影响身心健康，对大脑产生负面影响。有时候，不同的人面对不满时，表现出来的态度不同，一些人会抱怨，一些人则保持沉默，也是一种无言的状态。无言是指保持安静，不发出声音，不表达意见和情感，当沉默成为一个人随身的状态时，也许是一种明智的状态，在某些情况下，无言其实是一种策略，比如在谈判或者思考的时候，无言其实就是在衡量。在《纪念刘和珍君》中，无言常常被用于描述人物内心的状态，用于诠释人物的哀思和坚定的决心。当然无言也是一种非语言的沟通方式，通过无言的形式，能传递出许多复杂的情感和态度，也是一种无声的抗议。如果一个人没有焦虑，内心没有不安，他一定是找到了一种自己的方式，让自己平静了下来，平静是一种状态，在没有外界的宣泄时，或许还能更清晰地思考。平静是一种积极的生活态度，与沉默不同的是，平静没有被情绪影响，没有消极和被动，是一种积极的生活态度，是对生活的热爱和尊重。

有人追求金榜题名，也有人隐姓埋名三十年。在我很小的时候，老师就教导我们要好好学习，努力取得一个好成绩，金榜题名，于是我努力地学习，为取得一个好成绩不敢松懈，争取有一天能够在班级中取得一个好的排名，也希望能拿起一张奖状，回家时能得到父母的奖励，那时候天真地以为，取得了好成绩就是最好的，取得了第一名就代表着有一个好的结果。在古代，科举考试是选拔官员的重要途径，金榜题名意味着可以踏上仕途，改变自己的命运，对许多学子来说，金榜题名是他们多年寒窗苦读的最大回报，如今生活中也有各种名目的考试，为了取得一个好成绩，实现自己的人生目标，所以他们势必要不懈努力。不过并不是所有杰出的人都能在聚光灯下，掌声中收获名利，有人却只能隐姓埋名，黄旭华是我国第一代核潜艇总设计师，中国工程院院士，荣获多项国家级大奖，被誉为"中国核潜艇之父"。在1957年到1986年，黄旭华离别家人，长达三十年。他曾说："他很爱他的母亲、妻子和女儿，但他更爱核潜艇，更爱国家。"黄旭华凭着报效国家的责任心和出色的专业能力被秘密地召集到北京，开始了第一代核潜艇论证设计工作。直到数十年后，亲人与世人才知道他这么多年从事的伟大事业。

每一个平凡的曾经，都是一个无言的过去。生活本就该是平凡的，平凡的人生才能体会什么真切，平淡的人生才能得到真正的积累，尽管成长的脚步马不停蹄，但每一个脚步组成了我们所走的路途。而生活只是一个不断变化的过程，而我们只是平凡地活着。余华老师说过，有时候我们活着，只是为了活着本身，而不是为了活着之外的任何事物所活着。最初我们来到这个世界，是因为不得不来；最终我们离开这个世界，是因为不得不走。所有的平凡的脚步，都是一个不断积累的过程。在路遥《平凡的世界》中，孙少平是一个既平凡又穷困的农村青年，他有知识、务实，勇于听从精神召唤，高中毕业的孙少平先是在村里开办初中班教书，初中班解散后去了黄原城揽工，随后独自来到异地的煤矿当矿工，在那个物质缺乏的时代，孙少平的生活百般滋味，生活的考验也让孙少平不断拓宽视野，造就了孙少平不一样的处事方式。面对歧视他忍辱负重，看见不平他拔刀相助，关键时刻他不计前嫌，工作和生活不断锻造着他，最后凭借自己的努力成为矿工组长，故事最后少平因为矿难而毁容，在养伤期间他进一步成熟，慢慢地他再次回到矿区，回到自己爱人身边，完成了平凡的蜕变。他一路走来是那样激动人心，一位农村走出来的青年人，在繁华的都市，在自己的自尊心和自信心接受很大的挑战的时候，孙少平无疑是闪耀着鼓励的光芒，在每个黑暗的夜里，给他们点燃前进的火炬，照亮他们孤独的前进的灵魂。每一个平凡的曾经，每一个无言的过去都是在磨炼自己，只有敬重并践行平凡，才能铸就不凡。

第十六章　爱恨之间

第一节　爱过

为什么是爱过。长期生活在一起的两个人，双方便会参与潜意识的融合，在两人相处的时光之中，双方给对方留下的美好影子是两个人长期相互依赖的关键，也就是说，如果一个人给对方留下的回忆是美好的，那潜意识中，伙伴是给予了付出和价值，这使得在往后很长的一段时间里，双方会记得这些曾经的画面，也是对过往岁月的一种美好怀念。如果出现一些极端情况，后来为什么会不爱了。这是因为在后来的岁月当中，长期植入了冷漠自私对抗的打击画面，这种行为一旦长期形成，就会迫使对方形成不爱的潜意识，在这种潜意识的觉知下就制造了太多不友好的画面，这时候双方的情感就出现了一些问题，甚至严重的会吵架和离婚。如果双方冷静下来回想一下，回忆和思考在过往的岁月中给对方植入了多少美好的画面，给对方又植入了多少负面的影响。

第十六章 爱恨之间

其实很多时候爱是相互的，你给予付出，可能就会得到回报，但是也可能没有得到回报。慢慢地，一方付出了时间、金钱、感情，等等，必然会为此而产生牵绊，另一方则需要对此产生回应，如果未能得到回应，问题就会产生，吵架、打闹。可能双方都需要冷静思考当下所存在的问题，需要考虑自己的付出是否能给予双方情感上的真正需要，在莫言《晚熟的人》中这样写道："真心相爱的，最后都散了；搭伙过日子的，都团圆了。拼命爱过的人，才会离散，敷衍相处的，反而留在了身边。"

爱多一次痛多一次。爱情是一个复杂而多样的情感体验，简单地说，其实爱情是两个人之间的吸引，一种深刻的情感链接，一种愿意为对方不断付出的精神，是一个难以描述的概念。在中国古代，爱情往往被描述得较为内敛，如《红楼梦》中贾宝玉和林黛玉的爱情，他们相互爱慕，但由于封建社会的束缚和家族利益的考量，两人的感情经历了很多误会、矛盾和分离。古时候的爱情，是惊觉相思不露，原来只因已入骨，情不知所起，一往而深。恨不知所终，一笑而泯。古人的深情是不一样的，他们对爱情的解答，有着更深刻的理解。随着社会的不断变化，人们的爱情观念也变得更加复杂，年轻一点的人们更多的是喜欢自由发展，对传统的婚恋关系持有质疑态度，又或者说，爱情是有条件的，可以是人格、才能、名誉、财富，等等，如果达不到一定的标准，则难以达到双方心中的期望，自我至上是当下年轻人的主流观点，生活方式的变化，不断塑造新的爱情观念，无论是身处何方，总能找到与更好的呈现方式来对比，毕竟时代的发展让信息的传递更加迅速，人们可以不断地跟上时代的主要潮流，一些上层人士的消费观、生活方式等，无时无刻不在左右着当下的人们，同时，手机的发展让人们找到了更好的娱乐需求，社交网络的发展和互联网时代的升级，产生了更多的娱乐产业，因此两个人可能不会花太多时间和精力再去谈恋爱，相比之下去玩一下手机可能更轻松。

自己期待的幸福其实是自己做的选择。幸福其实是一个复杂多维的概念，它涉及我们生活的方方面面，包括我们心理的状态、生活的满意程度、情绪的体验、目标的追求，等等，这些状态其实是一种维持生活的感受，幸福的定义不一样，有些人认为幸福意味着拥有物质财富，有些人认为幸福更多地来自内心的平静。幸福这种个人感受其实是自己的体验，幸福的人通常是对自己的生活感到有意义，他们对自己的生活感到满意，并且能够体验到积极的情感，如快乐、希望和爱。当然不同的选择有不同的感受，如工作关系，在工作过程中，和同事的关系往往取决于工作上的配合程度，如果能得到自己期待的工作模式，相对来说工作效率将会提升更快。也将有更多合作上的愉快，工作上的烦恼也更加少。在生活当中，寻找和创造幸福是一个持续的过程，这涉及多个方面，其中包括人际关系、健康的身体、休闲的活动、积极的心态等，是我们幸福的来源。不要寻求那些所谓的极致的爱情，电视剧中那些特别完美的画面，不仅在现实生活中难以寻找，如果过于沉迷，反而比较难回到现实生活中。这个过程中，往往由于自己做出的不同选择而产生不同，如果结果是自己期待的那样子，结果带来的成就感和满足感，往往是幸福的来源。在日常生活中，学会保持身体健康，做适量的运动，保证健康的饮食和足够的睡眠，这才是幸福的前提。

爱不是一时兴起，而是奉陪到底。两个相爱的人可以克服很多困难，相爱的两个人一开始肯定是看对了眼，相互之间做对了事，真正的爱情往往是建立在真诚、信任和忠诚的基础上，两个人在相爱的基础上相互陪伴、彼此包容，共同面对生活中的困难的过程。每个人对爱的理解和感受都不尽相同，它始终是人类生活中最珍贵的情感之一，给我们带来无尽意义和价值。趋于完美的爱情关系，是无论经历了什么风风雨雨，它始终不离不弃、即使在对方最困难的时候也会给予支持和陪伴。陪伴是最长情的告白，人与人之间，最好的相处方式是，见证双方的成长，一方见证了陪伴，一方见证了对方的成长，陪伴是一个长期的过程，如果相互之间能够陪伴度过"黑暗"的日子，这将会收获更真挚的爱情，董卿曾说："陪伴很温暖，它意味着这个世界有人愿意把最美好的东西给你，那就是时间，陪伴是一种力量，在这个世界上没有一个人是孤岛，失去了陪伴，也就失去了生存的意义。"爱最好的方式是，即使受到了委屈，发生了矛盾，也会有更多理解和包容，无论工作再忙，彼此间都会嘘寒问暖，结果再差，都没有离开，而是一直陪伴着。《文学回忆录》里说，一个爱我的人，如果爱得讲话结结巴巴，语无伦次，我就知道他爱我。

第二节 无恨

总会有人在乎的。其实这句话经常能被听见，很大度，显包容，不要伤害曾经喜欢过的事物，因为你不在乎的东西，总有人会在乎，你不喜欢的东西，总有人会喜欢。在这个世界上，你总会爱上一些东西，或者是自己努力了最后也是空手而归，付出了没有回报，这是一种遗憾，但是不知道自己是否会后悔。很多时候，喜欢只是一种简单的方式，它有它的坚持和执着，没有其他

第十六章 爱恨之间

的想法，依稀记得以前学过的一个小故事，在一个风雨过后的早晨，一个男生来到海边散步，沙滩上，有许许多多的小洼地，像在陆地上一个接着一个的小水潭，这里有很多的小鱼小虾，它们被困在了这些浅水洼里，已经回不到大海了，虽然大海就在旁边，被困的有挺多的，几乎有近上千条，退潮后太阳就会出来，它们面临的结果就是死亡。男生继续往前走着，他看到前面有一个小男孩，走得非常慢，小男孩不断地在一个又一个潜水洼里弯腰摆弄，男生走近一看，原来小男孩在不停地捡鱼，他试图把他们全部扔回大海里。男生注视着小男孩，很是无聊地说："这里有成百上千条鱼，你救不过来的。""我知道。"小男孩头也不抬地回答。"哦？那你还在这里扔？谁在乎呢？"男生回应。"这条小鱼在乎！"男孩一边回答，一边捡起一条鱼扔进大海。"这条在乎，这条也在乎！还有这一条、这一条、这一条……"

这个世界上没有无缘无故的恨。恨可能由爱而生，也可以理解为一种情绪，是别人在自己脑海中的表征，恨有很多原因，可能是对期望的结果不及预期，原本期待之下的态度就发生了转变，失去了之前的期待，也有可能是因为对方达不到理想的状态，相比之下产生失望的情绪，负面情绪逐步积累，因而产生不好的结果。当然如果被拒绝太多次，或许也是一种导致恨的因素。特别是因为工作上的事情，如今服务类的工作越来越多，不同的服务有着不同的销售模式，服务者和被服务者，相互之间要是频繁地进行交易，相比之下双方就会产生好感，如果是对方经常来寻求服务，但拒绝进行联系性交易，这样的行为往往让人难以理解。我们所处的立场变化会让我们的情绪产生很大的变动，爱恨只在一瞬间，爱真正的含义，可能是让我们明白自己是一个独立的自我。在某种情况下，如果发生了什么急事需要用到钱，当你的亲戚朋友无法向你提供金钱上的帮助时，你是否会觉得对方不近人情？其实不然，在如今这个社会，不是所有人都有义务去帮助和支持你，人与人交往的维持，往往是靠相互的利益维持。失去了利益关系，交往就不存在了。

自己做的选择，别人干预不了，最终的结果是自己默默承受。生活中大部分的选择都是自己做的，当然也有一些选择是别人给了建议，我们会根据别人给的建议而做出考虑，如果我们采取了别人的建议，得到了一个好的结果，我们往往会在下一次，继续采纳别人的建议，如果采取了别人的建议，得不到一个好的结果，我们下次将不会再采取别人的意见。因为在知道结果的前提下，人们不会选择第二次不好的结果。但无论如何，这个意见始终是自己在衡量过的情况下所做出的选择，最后的关键永远是自己的选择，选择决定结果，不同的选择下会发生很多不一样的事情，选择是一个连续不断的过程，比如选择如何度过自己的一生，用什么样的标准去选择决定自己一生的伴侣，选择从事什么职业，选择与谁相伴，等等。选择其实是人生的一种主动行为，它体现了我们的意愿、判断和决策能力。每一个选择都是我们对未来的一种预期和规划，是我们根据自己的价值观、目标和需求来决定的行动方向过程。选择并不是一劳永逸的，我们会不断遇到新的情况和挑战，不断地进行调整和改变，选择和结果是人生的一种辩证关系，我们的选择决定了我们的结果，我们的结果反过来影响我们的选择。在这个过程中，我们不断地学习，不断地成长和进步。做出更好的选择，才会有更好的结果，在这个过程中，我们也需要有勇气面对更惨淡的结果，从失败中吸取教训，从挫折中学会成长。

怀着怨恨的人生不值得过。不同的选择决定了不同的结果，如果对自己选择的结果不满意，是否会产生怨恨？是恨自己还是恨别人？无论是自己的期待还是别人的关怀，在人生旅途中，我们都会遇到挫折和失败。这些经历都会带来失败和痛苦，我们不能以怨恨的心态去面对，过去的错误困扰着我们，使我们无法前行，而怨恨则会加深我们的负面情绪，会带来恶性的循环。其实一直怨恨很不值得，也是一种不成熟的表现，我们每天的生活并不完美，我们每个人都会犯下错误，这意味着我们每个人都会遭遇困难，在这个过程中，越怨恨越失去，越失去越困难。在人生的路途中，我们要学会无怨，学会宽容，对待他人的过错能够释怀，不心存怨恨这样才能让自己的内心更加宁静，在每一个选择中做出决策，在每一个结果中不断学习。保持一种积极的生活态度，放下抱怨和悔恨，以积极乐观的心态面对生活，同时接受自己的选择，无论结果如何，都不后悔不抱怨。以平和的姿态面对生活的起伏，从中不断学习和成长。

怨恨和计较往往会给人带来许多负面影响。计较意味着对一些小事过于执着，也是对得失的过度关注，每当我们过于计较时，我们往往只能看到事物的表面，而忽略其背后的本质。我们可能会对一些小事耿耿于怀，而对真正重要的事情视而不见。这种心态会让我们陷入无尽的烦恼和焦虑中。当然计较也可能会影响我们的人际关系，我们可能会对他人的一言一行过分敏感，也会因此而产生误解和矛盾，也可能会因此与一些朋友产生隔阂，甚至关系变得生疏，很多时候也会因此而失去和别人进行交流和建立深厚感情的机会。培养一种宽容的心态，宽容不仅是对他人宽容，其实也是对自己宽容。原谅别人时，我们也更容易宽容自己的过失，这样我们的心态才能放得更宽，怀着怨恨的人生不值得过，怨恨和计较往往会给人带来许多负面影响。每当心怀怨恨，就会在做出判断时，持有偏见和敌意，怨恨的人往往会在与人交往时表现出攻击性和防御性，这会让人际关系变得越来越紧张，甚至疏远，除此之外，负面的情绪会增加身体患病的概率，因此，学会释怀和宽容，这样才能减少生活中的负面影响。

第十七章　善恶相生

第一节　众生相

相和像？相是真实存在的东西，而像则看起来有点假。文字中同音近义是非常常见的现象，理论上我们对一件事物本身的描述是很直观的，例如书就是书，树就是树，但是由于描述取向上会有意识的不同。"相"是表示眼睛直视树木，观察树木所形成的情况，如今的"相"也是指不同事物间的相关性和联系性，如常说的相依为命、相亲相爱、息息相关、相由心生，等等，但是单一的"相"只是对单一事物的直接分辨，而非事物的描述。而"像"是人对大象的转述，像是具有人为画像的意义，更倾向于镜像的清晰性表达，像更多指的是一种与当前事物有相似性质的一面，如常说的像模像样、依心像意、水中镜像等，在生活中不只是事物，人也有极其相似的一面。阅读唐代的诗人传记，你会发现中唐以前的诗人往往会带有一点狂傲的姿态，他们会有点自炫、自夸、自矜、自傲，当然在那个年代是一种稀松平常的现象，杜甫是一个温厚慎重的人，但偶尔也会自夸，而且自夸起来一点都不含糊："甫昔少年日，早充观国宾。读书破万卷，下笔如有神。赋料扬雄敌，诗看子建亲。"李白当然也不甘示弱："我本楚狂人，凤歌笑孔丘""仰天大笑出门去，我辈岂是蓬蒿人""安能摧眉折腰事权贵，使我不得开心颜"，大家耳熟能详。"天子呼来不上船，自称臣是酒中仙"，虽出自杜甫笔下，却与李白的个性可谓合璧，堪称知音。

善恶本有人相我相众生相，即文化。不同的文化背景下往往会影响我们对事物的理解和判断，不同文化背景也会产生不同的价值观和信仰，这些会影响我们对事物的看法和态度。在一些文化观中，人们认为，站在巨人的肩膀上做事，其实是一种符合客观规律的文化，但在另一些文化观中，它并不被完全认可。还有关于复仇的行为，这些不同的做法完全有着不同的取向，有人认为是正义的，也有人认为是不道德的，因此不同的文化价值观之下人们对于事情的理解和看法并不完全认同，这也是为什么不同的人对《哈姆雷特》会有不同的理解和感受。回到众生相之中，其实我们在繁华的世界里，每个人都是独一无二的存在，每个人都有属于自己的故事，从而形成了这个世界的集合。早晨街头的环卫工人，阳光会首先洒在他的身上，他们会穿着制服，手持扫把，默默无闻地清扫着街道，保持着城市的干净和整洁，他用自己的辛勤劳动，换来城市的干净美丽。而中午写字楼里的白领，穿着职业装，忙忙碌碌，一副精明能干的样子，桌面上堆成山的文件，电脑上密密麻麻的数据，也妨碍不了她们干练的动作，敏捷的头脑，她们是这个社会的精英。晚上的老年人，他们在城市的公园里散步，他们穿着宽松的衣服，手里拿着一把扇子，慢慢悠悠，脸上会洋溢着慈祥和满足，他们的眼神没有过往的尖锐，只有对生活的热爱和珍惜。他们喜欢看花花草草，喜欢听鸟儿歌唱，他们在感受着大自然的美好。在这个世界里，无论是谁，他们都在用自己的方式去为这个世界增添色彩，他们都有自己的梦想和追求，会遇见自己的快乐和痛苦，但是也会让我们看见人性的光辉和阴暗，生活的美好与残酷，学会珍惜和感恩，用真诚和善良去面对生活。

  幻想是一种财富。幻想是创造想象的一种特殊形式，是一种指向未来并与个人愿望密切联系的想象。幻想是我们心灵中的一抹色彩，在幻想中，我们可以自由自在地畅想着一个不一样的世界。在幻想中，思维可以不受束缚，幻想的世界也超越现实，在这种情况下创造的独特角色和情节等，会为艺术、文学、科学、影视等领域带来无尽灵感。幻想也分为积极幻想和消极幻想，积极的幻想会为自己带来更多的动力和兴趣，一种基于现实的幻想往往会表现得更加积极和乐观，也能将当下的事情处理得更好，幻想会激发人们在学习和生活当中的创造力，在这个阶段，创造力会给我们带来不一样的体验，如人们幻想飞行，就会给自己像鸟一样装上翅膀，如果无法实现飞行，就会不断尝试着新的幻想，慢慢地就会出现飞机、飞艇、无人机，等等。消极的幻想往往是指那些不符合现实，不切实际的想法。在消极的幻想中，往往会存在着一些虚无怪诞的想法，如神仙一般的世界，不借助任何外力就可以实现飞行的人，吃了可以永生或者返老还童的神药。适当的幻想对于实现理想有一定的作用，当幻想超过了一定的期待，人们往往就会得到失望的结局。但无论如何，幻想给我们带来的作用，是无穷尽的。

"着相"与"无相"。"无相"是佛教中的一个重要概念，它指的是超越了形的概念，超越了物质原本的属性的一种状态，在《六祖坛经》中，"无相"被视作心性的代称，描述了一种心识与空的精神状态，即"于相而离相"。慧能提出"无念为宗，无相为体，无住为本"作为禅宗的核心宗旨，其中"无相"是指真心之体远离一切世俗的"相"，自性清净。在精神修行方面"无相"常常与内心的平静和超脱有联系，当我们不被外界的期望所束缚，在纷扰的世界中找到内心的安宁，才能更好地去面对生活中的挑战。在艺术的造诣中，"无相"往往能带来更加独特的艺术审美体验，它可以激发艺术家突破传统，创造新的表现形式，这也将带来新的体验。"相"从浅意上来说是事物外在的表象，在大脑中形成的认识。与"无相"不同，迷惑于事物的表面性质的状态被称为"着相"。世界万物在不断发展变化，外在的"相"往往具有复杂性和欺骗性，然而事物的本质之间往往有较大的联系，在做投资的时候我们往往会被外在的"形"而迷惑，也往往会"着相"，看到好的趋势，上涨的很快，于是全仓买入，结果一买就跌了，一直下跌的时候，总会遭受不住那颗牵挂的心，这个过程也会烦躁不安地问自己要不要出来。结果一出来的时候，又涨了回去，于是很无奈。"着相"容易让我们在做投资决策的时候，缺乏长远眼光，频繁操作，从而产生更多失误，当然选择是一门学问，只有做好了研究，认可一个行业的底层逻辑，那么长期持有其实就是一种智慧。另外，用额外的资产去做一份投资的时候，不过分追求更多的回报和期望，取得的结果往往更加令人吃惊。

第二节 为善

上善若水，水善利万物而不争。"上善若水，水善利万物而不争，"出自《道德经》中的内容，致高的善德善举就如同水的品性，默默滋养世间万物而不争强斗胜。在道家的观点中，水是极其重要的东西，他们认为水是柔和的，滋养万物，润物细无声，但是又会波涛汹涌，有倾覆之势。一方面水可以柔化万物，柔化伤人的棱角，另一方面水也常常比喻成人的一生。善的本意在这里不是善良的意思，而是指事物的自然属性，而且并无美丑、好坏之分。人之初，性本善中的善也是这个本意，人刚出生的时候，没有受到教育和社会的熏染，尚具天性，所谓的性，就是指事物在特定阶段所具有的内在特点，包括先天具有的和后天形成的，而"善"则是指事物先天具有的自然而然的特点，也是先天的自然属性。综合起来的话，这个词的意思就是有着最高道德境界的人，他就像是水一般，能够泽被万物，这样的人并非在刻意追求某种高度，而是由内而外所散发的高尚道德的人，要习惯于人生无常，若要活得一帆风顺，就要无形、善良、包容、安静、执着、能方也能圆。每天的阔达和乐观，人之所以迷茫，往往是因为看不透，想不通，得不到，放不下。

  与善同行。在现实生活中，我们应该学习水的智慧，面对生活中的困境和挑战，我们应该乐观积极，但不应该强求和刻意，而是顺应自然，如果我们学会给予，不计较个人得失，反而会带来更好的结果，学会"与善同行"收获生活中的各种美好。不过很少人会不计较个人得失，因为不计较往往意味着舍弃自己的利益，在特定情况下，不计较也等于失去自己的机会，唐代诗人白居易曾去拜访过一位大师，他向大师请教："什么是佛法大意？"大师回答说："诸恶莫作，众善奉行。"白居易不以为然，满是失望地说："这是三岁小孩子都知道的道理呀！"大师笑着说："三岁小孩说得出，八十老翁做不到啊！"白居易听后，恭敬地行礼退出。有时候，道理看似浅显直白，但是往往难以时时做到，甚至会忘记。带着善良前行，其实需要非常坚定的选择。一次微笑、一句温暖的话语、一次小小的善举，都会给人带来无尽的希望和力量。善良的人往往会收获更真挚的友谊，也更容易赢得他人的信任和喜爱，他们的心中充满爱和关怀。与善良的人相处，我们往往会感受到人性的美好，也会被他们的善良所感染，让我们的内心更加平静、安宁。我们如果做了一件好事，帮助了他人，心中其实是有幸福感的，在这个世界上，带着一份善良前行，将会变得更加美好。

君子生非异也，善假于物也。这句话出自荀子的《劝学》，所说的是君子的资质和秉性和一般人没什么不同，只是君子善于借助外物罢了。"假舆马者，非利足也，而致千里。假舟楫者，非能水也，而绝江河。"善于利用外物与自身条件，是君子成功的一个重要途径。生活中的方方面面都有借助外物获得成功的例子，如今，竞争与合作等情况越来越讲究，学会利用资源，通过与他人合作等方式促进资源的整合，就有机会把原本已经失去动力的生产方式重新运作起来。小米汽车是中国汽车行业的领军企业之一，其成功很大程度得益于开放创新战略。小米集团通过收购自动驾驶公司 DeepMotion Tech Limited（深动科技），引进了先进的技术和管理经验，为小米汽车自动驾驶技术添砖加瓦。通过超级电机、智能座舱、800V 高压平台等技术驱动发展，提高了生产效率和产品竞争力。华为是全球领先的通信设备制造商，其成功在很大程度上得益于全球合作战略。包括与科研机构、高校合作，共同进行技术开发等，也与全球多家电信运营商建立合作关系，开拓了更多的市场机会，这些商业案例表明，无论是在技术、市场还是管理方面，借助外物或者他人的力量，都是一种有效的成功策略。

知善知恶是良知，为善去恶是格物。能分辨好坏是一个人应有的良知，革掉对物质的贪欲，避免做出伤害别人的恶行，故为善，首先第一步是格物，把自己的物质贪欲降低。"知善知恶"其实是一个富有哲学内涵的表达，每个人都需要有明辨善恶的能力，明确什么是善良的行为、品质、价值观，什么是恶劣的行为，不道德的举动，知善知恶也需要明辨是非，理智分辨事物的对错，才能在生活中做出正确的选择，践行善良，远离邪恶。但是分辨善恶是一个复杂且主观的过程，在道德层面，需要考虑到这种行为是否符合普遍接受的道德标准，如是否诚实、公正、尊重他人等。考虑行为是否带来不好的结果，判断行为背后的动机是否有着良好的意图，是出于好的意图还是不好的意图。我们在自己的价值观判断下做出的判断，往往未能够全面判断和评估，如果我们理解文化差异，或者会更加有利于评估行为，在大多数情况下，法律会区分合法和非法的行为标准，但法律和道德并不总是一致。如果每个人都按照自己的价值观做事，世界会变成什么样子？如果长期发展下去，会对个人、社会和环境造成什么样的影响。所以说，分辨善恶可能并不是一时的行为，而是随着个人成长和社会变化，人们的看法会因此而改变。从自我认知的角度上考虑，其实"知善知恶"也是对自我内心和行为的一种审视，了解自己的行为是否符合道德规范的标准，存在哪些不妥之处，通过这种认知，可以不断反思和修正自己，提升个人品德和修养。而"为善去恶"则是一种积极人生态度。"为善"要求我们要积极践行善良的行为，特别是生活当中的小善，如关爱弱势群体、尊重他人的权利和感受，"为善"，能给别人带来温暖和帮助，"为善"其实也是一个不断警示自己的过程，是我们心灵真正的归宿。"去恶"则意味着我们要摒弃和抵制那些邪恶的行为和念头，时刻警醒自己抑制内心的不良欲望和冲动，如贪婪、嫉妒、邪恶、自私，等等，发现自己有这些不良行为的时候，要勇于自我反省和纠正，努力克服这些弱点，所以"知善知恶，为善去恶"。也是一个不断反思自己的过程。

第十八章　修行觉悟

第一节　以行制性

三思而后行出自《论语·工冶长》："季文子三思而后行。子闻之，曰：再，斯可矣。"意思是季文子办事，要反复考虑多次才行动，孔子听了说：考虑两次就可以了。如今"三思而后行"被很多人奉行为一个做事的准则，不能随意行动并不意味着不能行动，在这个复杂多变的社会中，很多时候需要及时出手，有时候顾虑太多未必是一件好事，所以孔子也说，再，斯可矣，意思是当做出合理的决策后，应快速把握时机，及时采取行动。扁鹊是春秋战国时期的名医，有一次他收到一封来自秦国的紧急信件。信中写道，秦武王患上重病，病情严重，需要扁鹊前往救治，扁鹊知道后火速赶往秦国，扁鹊来到秦武王面前，先是查看了秦武王的脸色，发现秦武王脸色苍白，气息微弱，他深知，这次的救治关乎秦武王的生死，也关系到整个秦国的命运。扁鹊没有急于动手治疗，而是先询问病情的发病经过，他了解到，秦武王一直以来食欲不好，腹中时常疼痛，且病情日益严重，扁鹊听后心中有了初步判断，但扁鹊并未立即下针，而是再次进行确诊。他让人取来一碗清水，然后取出随身携带的银针，将秦武王的指尖刺破，挤出鲜血滴入碗中。扁鹊查看血迹在碗中的情形，又闻了闻水中发散的气味，他确定了这次病情的主要情况，确实是腹中有疾。于是扁鹊便开始确定治疗方案，秦武王见扁鹊如此谨慎，心中对扁鹊很是信任，于是让扁鹊继续检查身体，扁鹊根据秦武王的生活习性，观察了舌苔和眼珠，最后告诉秦武王，他的病情是由于饮食不当造成的，先是调整饮食，再用药物进行治疗。于是扁鹊便写下药物治疗方案和开出了药方。在扁鹊的治疗下，秦武王的病情逐步好转了起来。扁鹊的行为，不仅体现了其高超的医术，还体现出谨慎的态度，仔细诊断，既是对患者的负责，也是对生命的尊重。"三思而后行"是成熟负责、稳重的表现，特别是遇到一些重大的事情，很有必要进行全方位的考虑，这个时候听取别人的意见，往往会有很大的帮助作用。

有意控制自己的不良习惯。其实我们每个人身上都有一些不良习惯，有些人害怕与他人，特别是长辈、老师沟通，他们会紧张或者害怕，说话会打结，喜欢睡懒觉，不规律作息，等等，当然我们可能都有一些在外人看来不太好的习惯，这些行为存在的原因可能是我们的自控力出现了问题,早上起来,好像身体里面有两个我,一个是理性的我,一个是惰性的我。日常生活中,这些常见的不良习惯往往是由于自己不经意间造成的,可能自己也没有意识到这些行为的存在,一直在放任着不管不顾,于是事情就开始往不好的方向去发展了。当一个人多次经历失败或挫折后,可能会产生一种无能为力的心理状态,导致他们在面对问题的时候放弃努力,无法坚持,然而事实上,那些成功的人往往是具有强大的自控能力。在凌晨三点的洛杉矶,许多人正沉浸在梦乡之中,然而科比·布莱恩特已经开始了他的训练。这位NBA球星以其非凡的才华、坚韧不拔的精神而闻名,他在"凌晨三点"训练的故事被广为流传,科比曾说:"我知道洛杉矶凌晨四点的样子。"这句话的背后,是科比在无数个日夜一直坚持训练的结果。在凌晨三点,整个城市还在沉睡,街上空无一人,只有路灯忽明忽暗地闪着,在这个时刻,科比却踏上了前往训练馆的路上,在这路上他完全沉浸在自己的世界里,不受干扰。一直到达训练馆,他便开始自己的行动,首先是最基本的训练,他明白,只有通过不断的训练和努力,才能在比赛中脱颖而出,他一遍又一遍地练习着投篮、运球和传球,每一个动作都力求完美。他明白只有具备扎实的基本功,才能在比赛中游刃有余。科比的故事激励着我们,成功需要不断

第十八章 修行觉悟

坚持和努力才能实现，通过持续不断的自我调节，进而提高自控力，用行为控制自我不好的习性，来实现个人目标。

知是行之始，行是知之成。这句话出自明代思想家王阳明的《传习录》。这句话讲的是知识和行动之间的关系，知识只是行动的起点，而行动则是对知识的验证和完成。两者相辅相成，也是不可分割的，真正的知识需要通过实践来实现，而实践又能加深和完善知识。张仲景是东汉著名的医学家，他不仅在医学理论上有很大造诣，还时常亲自试验药物，一直推广"止痛疗法"，是知行合一的典范。张仲景出身医药世家，从小对医药有着浓厚的兴趣，他勤奋好学，博学多才，不仅精通《黄帝内经》等中医学经典，还深入研究各种中医学流派，通过深入研究这些医药知识，他逐步形成了自己的医药理论体系，并创作了传世巨著《伤寒杂病论》。他提出"辩证论治"的观点，强调要根据患者的具体症状来制定治疗方案，他深知理论知识需要不断通过实践来检验，他亲自试验药物，推广"止痛疗法"。通过大量的临床试验，他研制出一系列的止痛良方，如"麻黄汤""桂枝汤"等，这些良方至今还在被广泛应用于临床实践中。张仲景的"知行合一"精神，给后人留下了宝贵的财富。他不仅在理论上有着自己的深刻见解，还自成系统地进行研究，在实践的道路上,他以身作则,勇于探索。他的一生都在为医学事业奋斗,他的"知行合一"精神,永远值得我们学习。

修行永无止境。修行是一条没有尽头的路,人生就是一场永无止境的修行。人的一生,没有真正的一帆风顺,所以修行可能会伴随着人的一生,当然有时候,如果接受了这样或者那样的行为,可能这个人对于修行的程度就会相对松懈。如果一个人有着很高的追求,那么他的一生,肯定是一场永无止境的修行。陈寅恪是我国著名的历史学家、语言学家、古典文学研究家,他一生致力于学术研究和人格修养。陈寅恪出生于江西修水的书香门第,他的祖父是陈宝箴是晚清名臣,陈寅恪小的时候就聪明过人,勤奋好学,展现出过人的才华。他精通历史、文学、哲学等多个领域,特别是历史的研究。他的学术研究范围极其广泛,从先秦到明清等各个历史时期都有,和各种历史事件人物也有自己独特的见解,他的每一篇著作都要深入考证和研究,他主张"历史研究要严谨,也要有证据",他的《唐代政治史述论稿》《隋唐制度渊源略论稿》等,都是我国历史学界的重要著作,对后世的历史研究产生了深远影响。在人格修养上,陈寅恪更是我们的楷模,他的一生淡泊名利,廉洁自律,待人真诚。他坚持自己的学术观点,不畏惧权势,不随波逐流。他的为人处世，也体现了他的人格魅力。他曾说："人生是一场修行，永远学无止境。"他的这句话，不仅是他一生的写照，也是对我们的一种激励和鞭策。

第二节 以性施行

不能一直随性而行。"不能一直随性而行"在这里指的是不能一直随着自己天性去做事情。所谓的性，就是指事物在特定阶段所具有的内在特点，包括先天具有的和后天形成的。随着人所带来的性格，也叫"个性"，是一个人精神面貌中与共性相对的个别性，即个人独具的心理特征。也可以是一个人的整体精神面貌，包括性格、兴趣、爱好等，并且是相对稳定的。个性往往确定了我们如何审视自己和周围的环境，我们的行为方式和个性倾向，是我们的动力来源，个性的形成往往受到遗传、环境、教育、社会文化等多种因素影响。天性与本性、秉性、习性、个性等概念密切相关，但有所不同。关羽是蜀汉"五虎上将"之一，以勇猛、忠诚、义薄云天著称，但是他也有一些不好的习性，有时他过于自信和轻敌。在一次镇守荆州的行动中，关羽的本性暴露出了致命的缺陷。关羽肩负着保卫荆州的重任，但由于缺乏考量，关羽贸然出兵襄樊，起初，关羽凭借着自己的军事才能，取得了一些胜利，他的军队也让曹魏的军队一度陷入困境，但是关羽并没有巩固战果，而是越发轻敌，吕蒙策划了白衣渡江行动，以迅雷不及掩耳之势袭取荆州，关羽的军队因此陷入困境，最终败亡，这一次关羽不仅失去了战略要地，实力也大打折扣，但是关羽的军事才能和人格魅力是无可否认的，他的忠诚、勇敢、义薄云天，使得他成为后人敬仰的英雄。而他过于自信、轻敌的缺陷，也使得他付出了沉重的代价。

用心性控制自我不好的行为。佛教认为心性是指心的本性、实性，即心本来具有、不可变易的性质。禅宗提出"明心见性，顿悟成佛"的观点，认为心性即佛性，可以通过修行见心性。《了凡四训》里说："真正能改变自己命运的，是自己的心念和行为。"孟子提倡"尽心知性论"。他认为人有恻隐之心、善恶之心、辞让之心和是非之心，这四心是人的心理情感，也是人本来具有的性质。不同心性往往决定并控制着我们的行为，真正的"自性化过程"是不断认识自己内心的过程，顺着内心找到自己喜欢的东西，去不断觉知和不断成长，用真心去感受自己的存在，是接受和体验生命的一个历程。一个能分辨善恶的人，往往能做出向善的行动，促使人们朝着充满希望和正能量的方向行动，心性往往也影响着行动的力度，一个有着坚定心性的人，在面对困难时，一定不会做出不好的行为，相反，他会迈出第一步，去尝试新的事物、探索未知的领域，即使是海角天涯。坚定的心性会让人全力以赴，为达目的不断付出大量时间和精力，克服重重困难，毫不松懈地持续行动。当取得积极的成果时，我们的心性将会得到强化，也会因此增强自信心和成就感。总之，积极的心性会产生积极的行动，而消极的心性会使行动变得更加消极，让自己保持积极向好，持续正能量的正念心性，认识自己，不断成长，塑造自己的独特性格和良好品质。

心性决定的行动，往往更加刻骨铭心。俗话说，不撞南墙不回头。生活中总有一些人是很固执的，他不听别人的劝告，固执己见，要按照自己的想法去做事，结果到最后才发现自己做错了，固执其实是一个人的本性，按照这个本性做出来的事情往往会带来不好的结果。毕竟能说服一个人的，从来不是道理，而是"南墙"。毕竟人生的岔路太多，在没走之前无法看清，当我们看清之后却又无法重走。赵括是赵国名将赵奢的儿子，他深受父亲的影响，从小就对兵书有着浓厚的兴趣。所以赵括从小就生活在军营之中，对军事战略有着天生的敏感和理解，他熟读各种兵书，对古代战例也了如指掌，人们都称他为军事天才，在一次对抗魏国的小规模冲突中，赵括凭借着对兵书的深

哲意

入理解，制定了一系列的精妙战术，取得了胜利。也是因为这一次，他更加断定自己的军事才能，随着时间的推移，赵括的信心开始膨胀，他开始变得越来越固执己见。他坚信自己的战略和判断是正确的，不愿意听取别人的意见。他固执的一面将对他的军队造成严重的后果。常平之战是战国时期最大规模的战役之一，赵国的主将赵括负责指挥整个战局，而秦国的战力也不容小觑，战争初期，赵括的战术一度取得优势，但随着战局的不断变化。秦国的将领白起采取了灵活多变的战术，赵军因此陷入困境。但赵括依然坚守自己的战术，不做出任何调整，坚信自己的判断是正确的，拒绝接受其他人的意见，最终，赵括的军队大败，秦军在白起的指挥下，采取了一系列巧妙的战术，将赵军包围，赵括在战争中被俘，最终被秦军处决。赵括固执的心性，给自己带来了严重的后果，没有以开放的心态去面对和接受反馈，最终导致了自己的失败。

　　觉知的根本是觉悟。时刻保持自身的觉知，在面对一件事情时，到底这件事情会对自己产生什么样的影响，自己的意识惯性是什么，这样做是不是对自己负责的表现，我们对结果衡量的标准又是什么，这个时候往往需要我们不断觉知自己。觉知的根本是觉悟，而觉悟是一个哲学和精神层面的概念，它通常指的是一个人对生命、宇宙和社会的自我存在等深层次的理解和认识。觉悟一般包括以下几个方面的了解,首先是自我的认识,自我认识是一种内在的自我需求、在一些价值层面上的情感和动机,还有自我确立的价值观,这些自我认识是明确和确立自己目标的首要认识。其次是社会意识,社会的意识是自己对社会的现象和结构,有着自己的深刻理解,但不局限于单一结构,社会关系包括许多复杂的因素,社会公平和社会权力之间的现象往往影响着自己对社会的认识。最后是道德层面上的觉悟,最为直观的是,知道什么是对的,什么是错的,对于别人的评判有着自己独特的见解,也有自己清晰的认识。在一些生活实践中,对于自我评判往往有着清醒的认知,这些行为也伴随着我们个人的成长,这些变化往往使我们能持续地发生改变,这是一个不断成长的过程。

第十九章　花开花落

第一节　命运

命运是一个让人捉摸不透的东西，它是一个人由所处的外部环境和对内在的心性的自我控制等诸多因素影响着未来的集合体，也包括那些超过了个人控制范围的事件和结果。有人认为命运是一种不可抗拒的力量，它能决定人生的走向，也有人认为人坚信人可以凭借自己的意志和行动塑造命运。在中国的传统文化中，命运常是被看作一种"定数"，有着超自然的色彩，传统文化认为，人的生老病死、贫穷富贵等都是命中注定。在《易经》中有提到"天行健，君子以自强不息。地势坤，君子以厚德载物。"等说法，强调人们在顺应天命的时候，应该努力自强，并且要有好的德行。项羽是秦末汉初的一位著名军事家和政治家，他力大无穷，英勇善战，他的一生充满传奇色彩，他既有着英勇善战的辉煌，也有着命运不济的悲壮。传说他能单手举起千斤重的巨石，在楚

第十九章 花开花落

汉争霸的过程中，项羽展现出了出色的军事才能，他多次率兵击败秦军，对推翻秦朝统治做出了重要的贡献，但是在楚汉争霸的关键时刻，他却犯下了一系列错误，最终败给了刘邦。项羽在战争中过于依赖自己的力量和勇气，忽视了谋略的重要性，自己的随从也因为他的残暴而选择背叛。在乌江自刎前，项羽说出了那句遗言："天亡我，非战之罪也。"这句话表达了他对命运的无奈接受。他觉得自己失败的原因并非战场上的失误，而是命运的安排。尽管他有着出色的军事才能，在战场上他也有着英勇的力量和勇气。但由于缺少谋略等原因，他的命运走向了悲剧。项羽的悲剧命运让人深思，他的一生充满斗争，被视为英雄人物代表，许多艺术作品中也有他的身影，他的故事被人广为流传，也激励着人们对命运和人生的思考。

做事问心无愧就好了。"无愧"的意思是没有愧疚和遗憾，无愧其实是自己内心的一种坚持，坚持做对的事情，坚持正确的价值观和法律准则等，"无愧"也意味着没有做出违背良心的事情。这个时候"无愧"的行为是正直的、正当的，因此是心安理得的。在人际关系中，"无愧"意味着待人真诚，不欺骗、不背叛。最让人感动的是那些法官，他们坚持正义，执法严明，他们的付出也是无愧于心。包拯是北宋时期的一位传奇名臣，以刚正不阿，公正廉洁的形象深入人心。包拯是一位名副其实的"清官"，他的一生都在维护公平正义，执法严明，也深受百姓们爱戴。包拯出身官宦人家，自幼聪明好学，熟读诗书。他深知百姓疾苦，立志为百姓做主，维护社会公平正义。在担任官职期间，他始终保持着清正廉洁的作风，从来不接受贿赂，也不徇私枉法。无论权贵还是平民，他都一视同仁。在他的努力下，许多冤假错案得到平反，那些不法之徒也得到了应有的惩罚。包拯的一生都在坚持公平正义，他不仅是一位执法者，也是一位道德楷模。他的一生都在为百姓的利益奋斗，为社会的公平正义而努力，他不仅赢得了百姓的尊敬和爱戴，也赢得了历史的赞誉。包拯的故事历来为人传诵，他的公正廉洁，成为人们的学习榜样，他的故事，将永远被人铭记，他的精神，将永远激励着人们前行。

"知其不可奈何而安之若命"出自《庄子·人世间》，意思是知道有些事情是不可避免的，只能顺从和接受，或者坦然面对命运的安排。顺应命运的安排，不强求，毕竟许多东西难以改变，如生老病死、自然灾害等，在这些无法抗拒的力量面前，人应该保持一颗平和的心态，学会接受现实，没必要徒劳地抗争。当一个人被诊断出患有不可治愈的疾病时，他可以选择抱怨，也可以选择乐观接受，但无论如何都摆脱不了将近死亡的命运。又或者说,明知道自己的境遇是被迫的或者是无法避免的,但还依然选择用阔达的心境去面对。陶渊明在历史上非常出名,他不仅仅是一位诗人,也是一位对生活有着深刻理解的人,陶渊明生活在东晋时期,那是一个动荡的年代,战乱不断,社会风气颓废,陶渊明在这样的环境下,选择了辞官归隐,他不愿意为五斗米折腰,也不愿意在黑暗的官场中迷失自我。他并不是对生活失去了希望,而是对生活有着自己的深刻理解,他明白政治斗争和黑暗不可改变,他选择的是一条与世无争的道路,他的诗句"少无适俗韵,性本爱丘山"描绘了田园生活的美好,表达了他对自然的热爱和对生活的理解。他找到了自己内心的安宁,他安于接受这种命运的安排,他的诗词如同一幅美丽的画卷,让人沉醉其中,陶渊明的故事告诉我们,生活不止有一种方式,我们可以选择迷失自己,也可以选择回归顺应命运的安排,写下美丽的田园诗篇。

小孩子是某种程度的天才,天才也是某种程度的小孩子。小孩子往往具有惊人的学习能力,他们小的时候就喜欢玩,喜欢探索这个世界,不断地吸取这个世界的信息,从一开始的观察世界,到动手玩耍,他们开始从懵懂无知到逐渐认识各种事物,他们的学习速度惊人,尤其是感知周围人的"语言"能力,除此之外,他们的想象力极其丰富，在他们的世界里，没有太多的规则约束，他们不仅可以天马行空地想象，一件简单的玩具都可以是一种宇宙飞船，一张地毯也可以是一件魔法披风，这是小孩子与生俱来的"想象力"。他们对世界充满期待，身边的变化让他们感到惊奇，他们能感知这种变化，这种行为一直持续到他们不断长大。那些科学家，学科天才，往往需要像小孩子一样具备"好奇心"。他们会在专业领域提出更广泛、深刻的问题，并执着地寻找答案。不仅如此，天才也需要"小孩子"般的专注力，专注于这个世界或者研究事物的变化，只有高度的专注，他们才能不断得到新的研究成果。天才有着不寻常的创造力，他们不受传统观念束缚，能奇思妙想，打破常规，以独特的视觉去发现问题，以创新的方式去解决问题。如同孩子般创造自己的世界。或许，每个孩子心中，都有着稚拙的梦想，只是单纯地因为热爱而投入自己的事业中，纯真地追求，没有被迷惑。

第二节　一花一世界

"一花一世界，一叶一菩提"指的是一朵花里可以看出整个世界，一片叶子也有一颗菩提的心。我们经常说

第十九章 花开花落

"花花世界"指的是，花儿有着自己的世界，有其成长和运转的规律，因而存在都有它的道理，这也提醒我们不要忽视微小的东西，它是构成世界的一部分，一样东西无论是多么微小的存在，都有着其存在的价值。花和叶，没有主次之分，没有高低不同，只存在各种不同的分工，如果你看一朵花，当下就该好好看一朵花，看花有什么样的颜色，有什么样的气味，弄清楚它究竟属于哪一种类的花朵。如果你研究一片叶子，当下就该好好欣赏一片叶子是什么形状，有什么特质，它是不是有着不一样的作用。宏观世界很直观，而微观世界可能很精彩，在微生物的世界里，隐藏着无数令人惊叹的生命奇迹。它们在地球上的每一个角落默默无闻地生存着，它们是地球上最古老的居民，在地球诞生之初，就已经开始了生命的征程。有部分的微生物是属于分解者，它们把死亡的动物和植物残骸分解氧化，转化成新的肥料，在土壤中它们对动植物分解的过程可以改善土壤环境，推动生态系统的物质循环。在水的世界里，微生物也扮演着重要的角色，它随着清溪不断漂流，有些微生物可以分解水中的污染物和杂质，净化水质，如今很多大型污水处理厂都采用活性污泥法处理废水，原理就是利用悬浮微生物絮体分解水中的污染物质。微生物世界也是一个充满竞争与合作的世界，有些微生物就会成为浮游生物的食物，而有一些微生物在不断地进行光合作用，为其他生物提供氧气。它们的各种生存方式，组成了丰富多彩的水世界，在微观世界中，或许我们会有更多的发现和启示，了解微生物的各种功能，它们能为人类发展做出重大贡献。

"花开满树红，花落万枝空"是唐代陈知玄咏木棉花的名句。木棉花是广州市的市花，在木棉花花开之时，满树绚烂夺目，红色的花朵如同火焰般燃烧，它的花朵大而绚丽，给人一种强烈的视觉冲击，也展现出了生命的绚烂与热烈。然而，在花期结束之后，花落之际，万支空寂，繁华落尽，树木也在重新归于平静。在中国古代文学中，许许多多的诗人用花开花落来比喻人生的变化和世事的变迁，它告诉我们，生命如同花开花落，有盛有衰，有生有死，有时候我们会经历成功的喜悦，有时候，我们也会面临失败和挫折，人生辉煌的时候，充满了希望和喜悦，就如同花开一般，而当人生面临失败，或者遭遇了低谷，就如同花落一般，沉寂空虚，所以，要学会珍惜生命中的美好时光。

花非花，雾非雾。夜半来，天明去。美好的事物往往短暂易逝，冰心易碎烟花易冷，天边的绚烂晚霞，落日的黄色余晖，每一天都使得生活中的画卷斑斓不同，当黑暗开始吞噬这些美丽画卷的时候，人们只能留下那

第十九章 花开花落

些短暂美好的怀念。春日里的樱花，盛开之时如雪般洁白，微风吹过，花瓣飘飘如雨般落下，樱花的花期只有一周左右，樱花的盛开如同一场美梦，人们来不及观赏，便已经消逝。许多文学作品也对时光或者美好的事物进行描述，他们试图把那些美好记录下来，英国诗人罗伯特·赫里克在《致时光》中写道："采采流水，蓬蓬远春，寄语落花，莫待无花空折枝。"这反映了人们对于青春易逝、美景不常的认识。采采流水，奔流不息，象征着时光的流逝，蓬蓬远春则是感叹春天的美好，但也无法长久停留，这些诗词在提醒我们要珍惜时光的美好，当花朵盛开之时，我们应该去欣赏和珍惜，毕竟美好的事物总是短暂的，我们应该把握当下，感受和体验生活中的美好，不要让时光白白流逝。人的一生会经历许多美好和短暂的时光，如青春、爱情、成功，等等，这些时刻也可能在人们还没意识到的时候就悄然消逝而去，"花非花，雾非雾。夜半来，天明去"。珍惜当下，把握现在，学会欣赏生命中的每一个瞬间，珍惜每一次经历，它将构成我们生命中的每一次美好回忆。

"送你一束花"表达我对你的祝福和关爱，这束花代表了我对你的关怀、尊重、爱和感激，这束花是我精心为你准备的，它承载着温暖与美好，如果你喜欢阳光和浪漫，那么这束花，就是一束玫瑰花，玫瑰花代表着浪

· 173 ·

漫和爱情，不同颜色的玫瑰花也代表着不同的情感，红色代表着热烈的爱情，而白色代表着纯洁与真诚，粉色代表着温柔和初恋，你更喜欢哪一种呢？玫瑰花不仅是爱情的信使，在许多艺术作品中，它常被用作美丽、激情和生命的象征。如果你期望的是一种新的开始，那这束花，就是一束百合花，百合花是非常受欢迎的花卉，它以优雅姿态和清新的香气著称，白色的百合花是最常见的一种，它通常代表着纯洁、无辜、高贵和新生。常用在婚礼上，代表着新娘的纯洁无瑕，而粉色的百合花则代表着甜美与温柔，它常常用来表达对母亲或者女性亲友的爱意和尊敬。百合花美丽动人，在不同的文化里也有着不同的含义，有些代表热情，有些代表纯洁，它承载着丰富的文化和情感价值。如果你对自己充满信心，那这束花，就是一束水仙花，水仙花的学名叫 Narcissus，以其独特的造型和迷人的香气而闻名，水仙花的名字来源于希腊神话中的纳西索斯（Narcissus），一位因为爱上自己在水中的倒影而溺水身亡的美丽少年。水仙花代表着自信和对自己的欣赏，它的出现象征着新生和希望，也预示着冬天的结束和春天的到来，代表着生命的顽强和不灭的希望。在中国文化中，水仙花代表着纯洁和高雅，也寓意着对美好生活的向往，它被称为"凌波仙子"，寓意着超凡脱俗，水仙花极其受欢迎，在节日期间，人们总会喜欢摆上几盆水仙以增加节日气氛，在西方文化里，水仙代表着重生、希望和新的开始，在复活节期间，它被用于庆祝春天的到来。

第二十章　有离有合

第一节　分分合合

或许是因为当初的选择不同，你去了城市，而我留在了小镇，不知道是因为你很忙还是我很忙，大家都好久不见了。"好久不见"或许只是一种感慨，又或许是一种思念。时光把我们分离，而那些曾经的点点滴滴只能不断地留在回忆里，可能是当时我们的初见，还有一点不知所以然的欢喜，还有过一些争吵也有过一些互助，这些痕迹构成了过往的岁月，这些过往的感觉，成了我们期盼久别重逢的因素。老友久别重逢的时候，"好久不见"一定是一个很好的开场白。当我们对某个人说"好久不见"的时候，我们其实更期待的是听到对方的故事，了解他在这段时间的经历和变化。比如说，我只是一个小镇青年，而你留在了城市，我们曾经都生活在这个小镇上，是很好的朋友。有一天你由于家庭原因回到小镇了，镇上依然充满历史气息，这里四季分明，变化其实不算特别大，但是这里的老街，依然热闹繁华，熟悉的老街上，各种小吃应有尽有，你我都喜欢那条老街，我俩在老街上不期而遇。当我们看见对方的时候，这种感觉又尴尬又惊喜，尴尬的是我们似乎有段时间没有联系了，惊喜的是我们都还好，岁月只不过是把我们的轨迹改变了，但我们相互面对的时候，依然是当年的笑容，至少我们还能认出彼此，我们并肩走在那条大街上，聊起过去的日子。我说："还记得我们曾经一起去过的那个地方吗？现在已经变成电影院了"，你也点了点头说："是啊，真怀念，变化真大呀"。

错过了是吗？人生是不是总会带有一点点遗憾？我们总会感叹人生无常，因为我们不可避免地错过了许多。有时候会错过班车，有时候会错过正上映的电影，有时候会错过美丽的日出，有时候还会错过青春年少时的遇见。这些错过，构成了我们人生的一部分，我们有时候还会为此感到遗憾。有时候我会问自己，是不是没认清自己，所以导致了错过？还是说自己没有"遇见"美好的能力？这些乱七八糟的想法总会在脑子里不断涌现，人生其实是得失相随的，俗话说，"失之东隅，收之桑榆"，错过了就错过了，没有关系，毕竟人生总有遗憾，难得圆满。

为什么有一场约会没有去赴？为什么想说出来的话

没有去说，错过了会带来遗憾，但同时也是成长的催化剂，"曾经沧海难为水，除却巫山不是云"。当你要去见喜欢的人，你精心地准备，你穿上了自己最喜欢的衬衫，刮掉了胡子，还特意去花店买了一束她最喜欢的一束花，你满是期待地想着你们再次相见的画面，但是命运却好像是被安排了一样，当你赶往约会的地点时，交通却堵塞了，时间在不停流逝，你快要错过了，你想打个电话去解释一下，结果发现自己的手机却坏掉了，所以两人都没有及时联系上对方，再后来啊，就错过了。或许生活中我们会遇到很多事情，我们无法及时处理，就好像注定要错过一样，既然是注定要错过，那就把错过当作是生活的一部分，学会接受，从中成长，才能更好地认识自己和周围的世界。

分分合合。"人生聚散总无常，分合之间岁月长"，事物之间总是不断变化，有时候相互分离，有时候不断聚合。如同潮水的涨落、季节的更替，鸟儿的季节性迁徙，自然界中存在着许许多多的分分合合现象，在人的成长过程中，我们时常也会因为生活的变化，与旧的习惯、旧的观念分离，与新的人物新的事物去结合，这或许是人发展的一个必要过程，还有人与人之间的聚散离合，充满了无奈与哀愁。在公元前782年，由于战火的蔓延，年少的白居易随着家人去宿州躲避。在那里他遇见了自己喜欢的人陈湘灵。陈湘灵是一个乡下人，她既美丽又纯真，两人一见钟情，情投意合。但是由于两人地位悬殊，一个是官宦子弟，一个是乡下人，这段感情注定不会被世人接受。而白居易的母亲，作为传统妇人，强烈反对他们之间的感情，为打消白居易的念头，她举家搬迁到江南投靠叔父。在离别的时刻，白居易与陈湘灵相拥而泣，他们立下誓言，不离不弃。但是命运似乎不可揣摩，白居易科举高中，衣锦还乡，他依然恳请母亲成全他与陈湘灵之间的感情，但依然未能打破门户之见。最后他一直拖到36岁才在母亲苦苦相逼下娶妻。公元815年，43岁的白居易被贬江州。在赴任路上，她遇见了卖唱的湘灵，那一刻，仿佛时光倒流，但是一切早已无法回头。白居易曾多次回到旧地寻找湘灵，但是湘灵已经杳无音信。所以人生中很多的分分合合，其实很无奈，相聚与分离好像已经成了生活的一部分，也犹如你我之间不同的选择，我迫不得已走向南，你毅然决然去往北。

原来你在这里。我们曾经心心念念的东西，可能在某一个瞬间获得，然后又在不经意之间失去，很多时候，我们在一开始的时候遇见，那会或许就是最好的，但可能出于某些原因，我们没能坚持到最后。当生活不断地逼迫着我们往前走的时候，走着走着，你又会发现，曾经见过的风景，遇到的那些人和事，依然会再次出现。

但这个时候，我们可能已经失去了最初见到喜欢的东西的那种期待，所以只能不断怀念过往的那些美好，"取次花丛懒回顾，半缘修道半缘君。"生活中的那些重逢，就像是小时候没办法买到最好的玩具，只能看着别人玩的那种遗憾，长大了却不想再要了，以前在一起玩得很好的朋友，在街角的再次邂逅，也只能寒暄几句，18岁时爱而不得的东西，知道了结果后，就放下了期待。这种相遇，或许是一个已经走了很远很远的朋友，对过去的一种回应。冥冥之中命运的安排，也是一种注定的重逢，对情感的回归和对未来的期待，生活的变化可能会让我们失去彼此，但相互之间的情感纽带依然存在着，也依然值得我们去珍惜和维护，当我们发现了曾经心心念念想要的东西，再次出现在我们面前的时候，它或许会给我们带来惊喜，也可能会带来挑战，在发现和再次相遇时，我们会惊叹那些变化，我们不知道是否还能接受这种变化。人们曾说，在30岁的时候获得18岁时想要的东西，那时候已经毫无意义了。我觉得这样也很正常，毕竟我们的心境会因生活的变化而发生改变，但不管如何，18岁时喜欢的东西，它依然还在那里。

第二节 但愿人长久

但愿人长久，千里共婵娟。"但愿人长久，千里共婵娟。"出自北宋时期苏轼的《水调歌头·明月几时有》，意思是，在中秋佳节之时，作者希望身边的亲朋好友们能够平安健康，即使相隔万里也可以一起享受这美妙的月光。诗中的"人长久"在一些人看来可能是指亲朋好友之间的亲情友情的长久，但实际上诗中的"人长久"是指苏轼希望自己多年未见的弟弟苏辙平安健康，长命百岁。"婵娟"代表哪些很美好的事物，比如花、竹子等，而诗中的"婵娟"所说的是嫦娥，也代指明月。生活有时候不会是一直顺遂的，如果我们不能及时改变环境，就保持一份积极乐观的心态，坚守内心的一份美好。苏轼把明月当作是自己的朋友，把酒相问青天，彰显了他气度不凡的性格，豪放与浪漫的那句诗词，"明月几时有？把酒问青天。"与李白风格相似，李白在《把酒问月》中曾经写下："青天有月来几时？我今停杯一问之。"李白在这首词里的语境不同，他显得缓慢，温和，而苏轼则显得急切、欲知。他们好像都想着追溯明月当中的秘密，宇宙的起源。月光之下的人们翩翩起舞，人间一片繁华，好像月光之下自己也经历过许多遗憾，也不知道下一轮明月会在什么时候再次出现。"但愿人长久"需要人们把彼此的心沟通在一起,突破时间的限制,而"千里共婵娟"则需要把空间的阻隔废除,让明月之下有着共同期望美好的人们结合在一起。

你收藏世界,世界也会收藏你。"收藏"其实是一个别有用心的词语,它代表着一个人对某一件事物的额外珍惜,在"收藏"的世界里,不同片刻的情形,不同的物品,甚至是一个故事,都可以成为收藏的对象,"收藏"没有时间和空间的界限,它仅仅是出于热爱,或者是一种感情寄托,甚至是自然的壮丽,蓝天白云,绿水青山,四季轮回,比如春天的百花齐放,夏天的炎热激情,秋天的阵阵凉风,冬天的银装素裹,季节的不同颜色,使得我们着迷于这自然的无限魅力,鸟儿和微风的惬意,房子和周围的小路,都可以成为我们收藏的对象。在文化的故事里,世界更加精彩,每个地方都有不同的文化和价值观念,行为特色,世界的多元化发展让我们能感受到不同地方的文化形象。那些古老的遗迹、神话般的故事、历史的沧桑、异国的美食、艺术的多样,如果是出于热爱,就要不断尝试着去理解和包容。每个不同的时刻,都可以是收藏的对象,你可以收藏一段时光,也可以收藏一段文化,但更多的人喜欢收藏一些不一样的"物品"。有些人喜欢收藏那些来自不同国家的邮票藏品,因为不同的邮票承载着不同的文化,也见证了社会的变迁，小小的邮票还承载着历史的故事，那些稀缺的邮票，往往更加珍贵，出于对邮票的热爱，收藏家们可以不断地在这些邮票身上投入时间和精力。除此之外，人们还会对古董、钟表、艺术等多种物品进行收藏，这些收藏家，他们对自己的收藏物品，有说不完的话题和故事，他们会在这些物品上得到共鸣，相互之间的知识也会扩展，所以他们的世界也在不断地变得丰富多彩。在收藏的世界里，每一个收藏的对象都是一颗星星，它们构成了璀璨的星空，而这个星空，正是由收藏者自己用热爱编织而成的。

热爱可抵岁月漫长。所有真实的快乐，都需要长久的铺垫和努力，而长久的铺垫和努力，离不开漫长岁月的热爱。真正的热爱，无论时间过去多久，你依旧会满怀热情和充满期待，能有一分的光，就发一分的热，或许前路未必是光明坦荡，但也有着无限可能。毕竟热爱这个词，本身就具备能量，也只有热爱，才能勇于面对挫折和艰辛。曾经风靡全球的《哈利·波特》系列小说的作者J.K.罗琳，她的故事就验证了什么叫热爱可抵岁月漫长。她对写作的热爱，是一种深入骨髓的热情，在她的人生旅途中，无论是顺境还是逆境，写作已经成为她人生中的一部分。在J.K.罗琳创作《哈利·波特》初期，她面对着巨大的生活挑战和经济压力，她还是一位单身母亲，独自抚养着自己的女儿，为了生计，他曾在咖啡馆中奋笔疾书，用她那充满想象力的文字，书写奇幻的魔法世界。在咖啡馆中，J.K.罗琳常常是人们关注的焦点。她坐在角落，面前摆着一杯廉价的咖啡和一台破旧的打字机。她的眼神专注而坚定，手指在键盘上快速敲打着，一个又一个奇幻的故事被快速描写，周围嘈杂的声音也没能干扰到她，她一直沉浸在自己的创作世界里。在这段艰难的日子里，J.K.罗琳的生活充满了挑战，她不仅面对着经济上的各种压力，还要面对来自生活中的种种困境。但是这些困境都没有让她放弃写作，反而使她越发坚定地坚持自己的信念，她相信，总有一天，她的作品会被大家认可。终于，在1997年，《哈利·波特与魔法石》出版了。这部作品一经问世，便受到广大读者的热烈追捧。随后她推出的每一部"哈利·波特系列"作品都备受好评，成为享誉全球的畅销书。回顾J.K.罗琳的写作经历，我们不禁为她那份对文学的热爱和坚持感动，热爱可抵岁月漫长，温柔可挡艰难时光。在她身上，我们看到了一个母亲对孩子的深厚爱意，也看到了一个普通人面对困境时的勇敢和坚持。她的故事告诉我们，只要热爱生活，坚持梦想，就一定能够战胜一切困难，创造出属于自己的辉煌。

下次看见流星的时候，记得许愿。流星是偶然经过

第二十章 有离有合

的，当流星划过天空的时候，它是短暂而绚烂的，如果一个人在明亮星空的夜晚，能刚好看到了一抹流星，这个人通常被认为是幸运的，这个时候，不妨许下一个愿望，流星会带着你的愿望逝去。那么流星是怎么形成的呢？实际上，每年我们都有机会欣赏到很多流星雨，它们会发生在每年的同一个时间，并且有些已经持续了几个世纪，在浩瀚的太阳系中，飘散着许许多多细小的固体颗粒，直径在几微米到几十米之间，它们被称为流星体，它们部分是来自太阳系形成初期的残留物，有些是来自火星或者木星之间的小行星带。它们在相互运动的过程中，互相不断碰撞，然后碎裂，在太阳系中不断漂浮，当这些碎片不断接近地球时，就会被地球的引力所吸引，从而坠落地球。这些碎片的速度很快，流星体被高温蒸发的原子与大气层中的原子发生了剧烈的碰撞，从而产生了亮光，于是形成了我们肉眼所见的流星，单一流星通常被称为偶发流星，在区间区域内的流星体增多，每小时几十颗甚至更多，看上去像下雨一样，这种现象称为流星雨。流星雨的形成主要来自彗星，太阳系中存在着许多的彗星，其中，最著名的就是哈雷彗星。当我们观看流星雨的时候，似乎所有的流星都来自天空中的某一个点，呈辐射状散开，但是实际上，这些在空中的彗星体，在天空中运行的路径基本是平行的，并不是由一个点辐射开的，只是观看的角度不同罢了，我们通常会根据一个点的位置来命名流星雨，如狮子座流星雨，它的辐射点在狮子座，因此而命名，还有猎户座流星雨、双子座流星雨，等等。流星其实是撞入大气的星星，是当下所见的满天星光，所以看到流星的时候，许个愿吧。

第二十一章　虚实相生

第一节　无形

"无形"是指那些看不见的东西，眼睛不能察觉，耳朵不能听到，"无形"的东西可以是客观存在的事物，意识上认为存在的物质，但在现实生活中并没有存在。又或者说某种物质具备一定的能量形态，但实际上我们看不见，摸不着。在老子《道德经》中第四十一章："大白若辱，大方无隅，大器晚成，大音希声，大象无形。""大白若辱"，意思是真正的"白"，并非完美无瑕，那些真正看起来有"瑕疵"的高洁品质，才是真正经得起考验的。"大方无隅"，常规意义上，"方"代表有明确的边界和界限，但宏大的"方"具备融合、包容的状态，老子认为事物本质上需要被洞察，事物的状态并非简单形态上的极致，而是一种超越形态、超越常规认知的存在。"大器晚成"，晚并不是指时间，而是指事物发展的过程。大器之所以晚成，是因为它需要更多打磨和积累、沉淀，不断吸收和融合各种元素，才能有自己的价值。"大音希声"，从听觉的角度来说，人所能听到的声音有一定的范围，超过了人类听觉的范围，人则无法听见。"大音"是超越人类感知的音乐，是宇宙中和谐和完美的声音，这种声音不是通过耳朵所能听到的声音，而是内心的感悟和体会。"大象无形""象"与"相""像"不同，"象"是指形象，这里指的是最大的形象，没有具体的形状。老子所说的"大象"是一种超越具体形态的存在，"无形"则是那些无法被看见和触摸的东西。这种"无形"充满了神秘和未知。就好像老子所说的："惟恍惟惚，惚兮恍兮，其中有象，其中有物。"

什么东西不见了，就去找什么东西。不知道你们有没有过这样的经历，有时候身边的东西会无缘无故地消失，前阵子明明发现它还在那里，结果需要用的时候，居然不见了。很奇怪，似乎这种情况会发生在每一个人的身上，在每个人的一生中，我们都在不断地寻找着那些东西，如物质的、精神的、生活的、爱情的，等等，这个过程充满了不确定性，因为你根本不知道它会在哪里。"找"可以是一个不断探索，追求和发现的过程，有些人喜欢在文学里寻找，有些人喜欢在艺术上寻找，有些人则喜欢在生活中寻找，不管是哪种寻找，都是在不断地认识自己和理解世界的过程。在这个世界上，我们

第二十一章 虚实相生

可以去"找"一些知识。一直以来，我们渴望对未知事物的了解，我们试图用更多的知识去解释那些未知的现象，从而揭开自然的神奇面纱，我们利用科学实验和基础数据，探索宇宙的边际。知识一直是我们不断寻找的方向之一。我们通过阅读、学习、实践，不断积累我们的知识，我们正试图用知识去解释这个世界。除此之外，我们还在不断"找"到自我，因为我们每个人都是独一无二的，我们有自己的个性，有自己的想法，自己的梦想，成长是一条不断失去的路，这个过程可能会充满挫折，也会让人感到痛苦，在这个过程中，我们还会被社会期待，被他人的意见所影响。因此，很难见到真正的自己，和那个想要成为的自己。这个过程很漫长，也很艰难，你还会因此发现生活中的具体意义，你需要用自己的方式来寻找和实现这个意义。

看不见可以决定能看见的。看不见的东西有很多，它可以指许多不同的概念，比如哲学、情感、思想、精神、秘密，甚至是超自然的存在。在现实世界，人类的眼睛无法看到一些体积较小的东西，比如微生物、细菌、病毒和其他微生物，还有一些粒子、原子等，除此之外，我们也无法察觉到我们波长范围外的光，比如红外线、紫外线，等等。在科学领域，有大量存在却无法观测的物质和能量，如暗物质和暗能量。这些眼睛看不见的东西往往对现实世界有着深刻的影响，甚至对现实的世界起着决定性作用。日本首位诺贝尔物理学奖得主、物理学家汤川秀树写了一本书《眼睛看不见的东西》，其中提到了一个核心思想是："虽然我们无法直接看到许多科学原理和自然现象，但是它们是构成我们世界的基础，并且与我们的日常生活紧密相关。"汤川秀树也认识到科学有一定的局限性，科学的方法无法回答所有的问题，特别是关于价值、意义和目的的问题，在这些领域中，哲学思想可以提供额外的视角和思考。同时科学与哲学具有一定的互补性，并非相互排斥，科学可以通过实验和观察来探索自然界的具体规律，而哲学则提供了更广阔的视角去理解科学的意义，它们可以是相互融合的概念，例如，微小的世界中，包括分子、质子，甚至是量子等理论科学不仅能解释微观世界，同时也将影响到宏观世界。

第二节　现实主义

习惯了世界，还会感觉到惊奇吗？习惯是一种长期反复练习而形成的行为，因为行为方式和动作的顺序已经相当稳固而变得难以改变，每个人都会有自己的一些

第二十一章 虚实相生

习惯，习惯也会让人变得沉静、坦然，当然对于一件事情，习惯过后还会理解对于那些面对那件事情有着不同习惯的人，如果你习惯了世界，那你就会一如既往地去面对这个世界，甚至不再抬头去看天上的月亮。更多时候，我们乐于接受他人呈现给我们的世界，例如，当舆论甚嚣尘上的时候，我们还能不能冷静地思考，辨别是非呢？可能久而久之，我们也只能接受和选择能愉悦我们的消息了。《苏菲的世界》中有这样写道："你太习惯这个世界了，才会对任何事情都不感到惊奇。"我们其实生活在一个未知的世界里，但随着时间的推移，或许我们会对这些奇迹和未知开始变得麻木和漠视，取而代之的便是习以为常。如果我们对事物不再感到惊奇的时候，我们就不会在对事物深入思考和探索，也不会对事物的本质和内在联系产生好奇，而是满足于表面的了解。古代的哲学家和科学家，他们都是对于世界感到惊奇的驱使下，不断地提出新的问题和寻找答案。从文学到艺术，从音乐到电影，都是因为人们对于世界的惊奇，才能创造出如此丰富多彩的文化作品。如果我们感受不到惊奇，可能我们需要改变我们对于世界的态度。其实在《苏菲的世界》中，作者希望读者重新审视思考周围世界，他希望通过对于世界的惊奇感，激发读者的思维和创造力，也希望我们重新点燃对世界的惊奇感，用全新的视角去看待周围的世界,用好奇的心态去探索和发现,用创造力和想象力去创造和改变。

另一半会对你说,现实一点没有错。理想是理想,现实是现实,在生活中,如果有另一半,他一定会提醒你,保持现实的态度,可以帮助我们做出一些更加客观理性的决策。对现实有清醒的认识,会让我们考虑到实际的情况和限制,避免那些不切实际的期望还有当下那些现实的眼光。当我们以现实的眼光看待他人时,不会对别人抱有过高的期望,也会因此而减少失望和矛盾。这个世界充满各种诱惑和幻想,但只有清晰地认识到自己的位置、能力和局限,我们才能合理地作出判断和决策。现实一点也意味着我们要有务实的行动,理想是我们前行的动力,现实的行动是我们不断前行的支撑,这些理想就像空中楼阁。现实一点,就是我们把理想转化为具体的实际行动的计划,还要通过不懈的努力去实现。世界是复杂变化的,现实一点也就意味着,我们需要适应当下的变化,需要有足够的灵活性和应变能力,去适应这些变化,我们需要不断地学习新知识、新技能,以适应不断变化的环境。在电视剧《人生之路》中,描述了一群人在面对理想和现实之间的落差,展现出了在不同的人生阶段,现实和选择带来的不同命运。剧中的高加林胸怀大志,希望通过高考改变自己的命运,但高考却落榜了,他没有放弃,而是发愤图强,成为一名教师,但好景不长,他因故失去了工作,陷入了人生低谷。在朋友刘巧珍的鼓励下,他重新振作,坚持写作,最终成为一名记者,并且来到了上海发展。在面临爱情和事业的抉择时,高加林经历了许多挣扎和考验。然而,这就是现实,成熟的人懂得,生活不会一帆风顺,但在现实的基础上,我们可以更好地规划我们的人生,现实也并不意味着放弃,而是一种脚踏实地的态度。

完美谁能达到?做你自己就很好。追求完美本身就是一种追求极致的状态,"完美"这个词,充满着美好与对事物最佳状态的无限追求,在人类的历史长河之中,无论是艺术的创作,科学的研究,还是一个人的生活,完美一直是人们追求的目标。而"完美"可能是一个多维的概念,它既可以是一种绝对的标准,也可以是一种相对的感受,还有一种说法是,不完美的才是完美的。当然在不同的世界里,完美的表现是不尽相同,在数学的世界里,完美可以用精确的公式来推导,例如在欧几里得的几何学中,完美的几何图形和圆,是有着严格的定义和公理来描述的。在艺术世界,达·芬奇的《蒙娜丽莎》被视为接近完美的作品,因为它们在技巧、情感表达、艺术影响力等多个因素上,都达到了较高的水平。然而，完美只是主观的感受，当价值观不同的人去评价同一个被公认为"完美"的作品、人或事物，或许他们的观点并不一致，有时候我们也会发现，不完美也可以是一种美，有些艺术作品会因为一些缺陷和不对称，反而加深了人们对作品的印象，人也是如此，在人的生活中，学会接受自己的不完美，在不完美中寻找快乐和满足，其实更接近现实，毕竟每个人都有自己的优点和缺点，有些人可能在某个领域非常有才华，但在其他方面却表现得非常平庸，或许不完美才是我们生活中的一部分，它让我们意识到了自己的局限性，也是因为如此，我们才会对自己的理解和认识更加有限，我们对世界的认识也可能是不完整的，这种不完美，促使我们不断探索，学习新知识，寻求改进和创新。所以不完美不是我们的障碍，而是我们成长的契机。

  有些事情的发生，不以人的意志为转移。事情的发生总是有原因的，而事物的发展和变化遵循着一定的客观规律，这些变化并不会因为个人的愿望、意志和意识而发生改变。比如日出日落、四季的更替、天气的变化、生物的进化等，这些自然发生的现象是自然界自身规律的结果，人的意志无法完全左右这些变化。如果某个人长时间生活在一个单独的环境中，由于时间和空间具有局限性，这个单一的环境长时间没有发生变化，但是外在的环境已经发生了变化,这时候,生活在单一环境中的人,可能由于外在环境的改变而难以做出合适的行为。这些客观规律是事物运动过程中的固有本质、这些必然的联系,独立于意识之外。人类社会由于受到经济、文化、政治等多种因素影响,个人意志和选择虽然在一定程度上影响社会发展进程,但就整体而言,社会的发展有着自己的规律和趋势,特别是那些构成社会发展的关键因素,在经济上,生产关系和生产力之间的矛盾,是推动社会发展的一部分,这种矛盾的产生,是不以个人的意志为转移的。这就意味着我们在做决策的时候,要尊重客观规律,通过科学和实践的方式,把握这些规律,找到数据支撑,以便更好地指导社会的实践活动。在个人生活中,我们也会经常遇到许许多多不能依靠自己的意志而发生改变的情况,比如生老病死等自然规律,无论我们是多么的不愿意,这些过程都是不可避免的,还有人际关系的变故、亲人的离去、朋友的疏远等,也在一定程度上不受人们的控制。尊重自然规律,接受生活中的不完美,接受个人局限性的认识,是一种现实和成熟的世界观。

第二十二章 淡然得失

第一节 淡然

"不以物喜,不以己悲",出自范仲淹《岳阳楼记》,意思是,不因身外之物的优势而感到欢喜,也不因身外之物的劣势而感到可悲。更深一层的含义认为,无论我们面对的是怎样的生活,是成功还是失败,都需要保持一种恒定淡然的心态,不要因为一时的成功而沾沾自喜,也不要因为一时的失败而妄自菲薄,不管是什么时候,保持自己内心的淡然心态,坚持自己的原则,不受外界的影响。有时候,性格比较好的人,也会遇到一些悲喜之事,情绪容易发生波动,所以学会以"不以物喜,不以己悲。"的心态去生活,也是一种智慧。唐代著名诗人、画家王维,一生经历了朝代的繁华与衰败,就他个人而言,也他经历了官场的起起伏伏,他曾官至尚书右丞,位高权重,但他并没有因此而骄傲自满,后历经官场失意,他也没有一直沉浸在悲伤和失落当中,他选择了隐居于山林之中，畅享自然的乐趣，在《山居秋暝》中，他这样写道："空山新雨后，天气晚来秋。明月松间照，清泉石上流。"王维描绘了一幅美丽宁静的山居秋暝图，他以平和的心态欣赏和接纳身边发生的一切。王维这种"不以物喜，不以己悲"的人生态度，不仅体现在他的诗歌当中，也体现在了他的生活当中，他追求宁静，超越自我，不受外界物质和情绪的干扰，正是这种精神，使得他一直保持着一颗平和的心态。

"宠辱不惊，闲看庭前花开花落；去留无意，漫随天外云卷云舒"出自明代作家陈继儒《幽窗小记》。"宠辱不惊"，当受到宠爱或者屈辱的时候，依然能保持心中的平静，不被外界的评价所左右，就如同在庭院前的花儿，绽放与凋零都是正常的自然现象，无论是花开时的绚烂，还是花落时的落寞，都要客观去看待，就像人生的起伏，不因得宠而沾沾自喜，不因受辱而愤愤不平。"去留无意"，对于离去和留下都不刻意强求，顺其自然或许才是最好的，就像是天空中的云朵，一会儿舒展，一会儿成团，即使变化万千，也不过是自然的变化，面对人生的抉择，我们要是能以一种豁达冷静的态度去对待，或许才是最好的方式。在东晋时期，有位颇具传奇色彩的名士叫谢安，在著名的淝水之战前夕，前秦的军队浩浩荡荡，气势汹汹地压向江南。东晋的朝野上下，恐慌的情绪不断蔓延,甚至许多人建议南渡以避开秦军,但是谢安却没有采取躲避的措施,他深知作为东晋的辅国大臣,他必须稳住局面。他知道这场战役关乎东晋的生存,他需要在这场危机中找到转机,为东晋赢得一线生机,所以他着手查看军事地图,耐心地布置着接下来的军事任务。当捷报传来时,谢安正与朋友在下棋,他接过捷报,只是轻轻地看了一下,便放在了一边,继续专注地下棋。这一幕,被后人传颂为佳话,成为他的一生中最为称道的片刻之一。谢安的镇定,在战场上发挥了极大的作用。回看谢安的一生,可以说是宠辱不惊的一生,他展现了中国古代士人的经典形象,宠辱不惊,去留无意。

历史会记载过往的岁月。历史是一部记录过往岁月的纪录片,它涵盖了人类社会发展和变迁的各种情况,包含政治、经济、文化、教育、科技等各方面的进步与冲突。也有人说历史是一面镜子,人们可以从历史当中寻找一些有价值的东西,如历史教训、文化遗产、民族变迁、人类进步的见证,等等。历史的记录方式往往是复杂多样的,人们对于历史的认识和记录能力有限,一些历史是不完整的,即使是不准确的也不足为奇,毕竟历史的记录受到政治、文化,以及宗教等各种因素影响。历史在不同人的角度里也可能有着不一样的评价,所以历史也有一定的主观性和多样性,对于同一事件或者人物,不同的人可能会有不同的解释,这些解释也可能会受立场等因素影响,所以历史也有无法再次验证的一面,也不会再次重复,我们只能根据历史所记载的一些记录和文献来研究和推测这些历史,但推测的过程也具有不确定性。历史的记载往往是以多种方式去进行佐证的,其中包括正史、野史、方志、回忆录,以及考古发现等,这样往往能够多视角地进行考察和研究历史事件和人脉。历史会记载过往的岁月,但历史也需要不断反思和修正,研究历史,需要避免单纯以当下的价值观做评判,古人的行为和观念受当时的社会制度与环境制约,可能是当下人们无法融入和理解的。但是联系当时的生产力水平和社会发展状况则有存在的合理性。

意外可以是意外,意外也可以是惊喜。"意外"往往是指由行为人意志以外的原因而非其过错引发的偶然事故。所以人的一生总会面临一些不可以合理预见的意外,可能每一次意外可能都将难以承受,所以大部分人都希望自己的人生能够一帆风顺,少点"意外"发生。但是我们都知道意外往往是不可预测的,比如说一场突如其来的疾病、一次不期而遇的事故,或者从天而降的自然灾害,等等,这些意外的发生往往让人措手不及,扰乱生活的计划。但有一些意外,往往能给人们带来一些意想不到的惊喜,这些"惊喜",甚至能够彻底改变我们的生活。3000年前，腓尼基人已经是地中海著名的商帮之一，他们的船只穿梭于世界的各个港口，把东方的香料、丝绸、宝石运输到西方，把西方的金属、木材、粮食等运回东方。有一次，一艘腓尼基人的商船载满了晶体矿物"天然苏打"，在地中海上航行。由于潮水落潮，商船暂时被搁浅了，天黑了，船员们只能登上沙滩落脚，做饭时，他们从船上带下来一些"天然苏打"作为大锅的支架，随着晚饭的完成，他们却有了一个意想不到的发现，他们竟然烧出了晶莹剔透的东西，这可能是世界上最早的玻璃。玻璃的发现，对于腓尼基人来说，无疑是一个巨大的惊喜。后来，他们发现了这种"新材料"有许多独特的性质，如透明、耐热、融化后的可塑性强。在接下来的几千年里，玻璃的制造技术不断完善，甚至还可以通过添加金属氧化物来改变颜色和性质。玻璃逐渐为世人所知，成为风靡全球的生活用品和建筑材料。

第二节　得失

有所得，有所失。得失观念是哲学话题的核心，它涉及人的行为准则和道德判断，也关系到社会的秩序和个人修养的提升。得失关乎物质、名利、财富等，也是社会行为的基础，个人如何看待得失，如何处理得失之间的关系，并在得失之间保持平衡，这是需要探讨的问题。在儒家看来，明得失，意味着需要保持克制。个人的欲望往往是很难控制的，一旦失去控制，也就意味着灾祸的发生，因此保持克制是一种对自己的要求，也是对他人和社会的尊重。儒家的得失观是一种强调道德和社会行为的基础，它提倡人们应该保持克制，追求节制，考虑公平。在面对得失时，更应该考虑到自己和他人之间的关系，考虑利弊的态度，在做出一些决策时，需要更加谨慎和负责任。然而在道家看来，世间万物都是相互依存的，在得失之间，没有绝对明确的界限，所以有句话说"祸兮福所倚，福兮祸所伏"。在人生的旅途中，我们都会经历各种得失，这些得失会随着时间和环境变化，所以道家更加强调面对得失时的"心态"，他们认为人们应该以平和的心态去看待得失，不必执着某一方面得失。特别是那种一旦得到，便欣喜若狂，一旦失去，便悲痛欲绝的心态，这种情绪的起伏会影响身心健康。除此之外，道家还刻意强调"知足"的概念，人们会为得失所困，很大程度上是因为欲望得不到满足，只有学会满足，才能减少欲望。当然我们每个人的能力和条件都是有限的，也不可能拥有一切，所以在有限的条件下，学会珍惜，力所能及地做自己能做的事情，学会用平和的心态去面对生活中的起伏。也要认识到得失是人生的常态，努力提升自己的内心修养，以平和的心态面对生活中的各种挑战。

凡事都有一个过程。过程是事物发展的必经之路，也是"存在"的一种表现形式，过程是学习的重要组成部分，在这个过程中，个人能深刻体会并理解转化，形成系统性思维。在科学研究过程中，过程也是得出结果的前提，利用实验进行论证和数据分析等过程是得出科学成果的重要部分。在生活中，每一个经历的过程都能成为我们成长的一部分，无论是成功或者失败，都是积累经验和学会反思的良好机会。人们无法衡量对于过程和结果之间的关系：注重达成目标的每一个步骤，还是只关注最终的结果？这个问题似乎没有明确的答案，或者在不同价值观的个人眼里有着不一样的解答方式。有人认为过程本身就是一种享受，他们更乐意在追求目标的过程中学会成长，对于他们来说过程可能比结果更加重要。一幅名画往往需要画家花费数月甚至数年的时间来完成，在这个过程中，画家的创作体验是丰富而不断变化的，这个过程是他们灵感和风格的刻画过程，从中还需要不断修缮和更改，直到这个作品呈现出一个良好的展现状态，他们也会在这个过程中因不断更新的灵感和变化的创作方式而感到满足。在大多数情况下，一个好的过程往往能带来一个好的结果，如果过度关注一个人的成绩，那么就必须关注这个人的学习过程。因为过程体现了一个人的思维方式、学习方法和学习态度，这个过程就会影响结果，在不同的情景和目标下，过程和结果可能有不同的权重，但在大多数情况下，一个好的过程往往能带来一个好的结果。

期望越高，失望越大。期望与现实之间往往会存在一定的差距，期望好比理想，理想永远高于现实，所以期望和现实之间往往也会有着一定的差距，而这种差距就是失望的源头。当结果不及预期的时候，人们总会感到极度的失望和沮丧，也正因为如此，面对那些即将到来的事情，学会保持平和的心态去面对，这样才能更好地让我们适应现实中的生活。三国时期，曹操的势力逐步强盛后，他的野心也逐渐膨胀，渴望统一南方，成为真正的霸主。为了实现这个目标，他决定率领大军南下，发动"赤壁之战"。但是事情似乎没有往曹操预期的方向发展，在赤壁之战中，曹操轻敌和自负，指挥失误，孙权、刘备在强敌进逼的紧要关头，结盟对抗曹军，利用水战和火攻，最终以少胜多，以弱胜强。曹军因此大败，这对于曹操来说，无疑是一次沉重的打击，他不仅损失了大量的兵力，也失去了对南方地区的掌控，刘备和孙权也因此迅速扩大了自己的势力，形成了魏、蜀、吴三国鼎立的割据局面。"赤壁之战"是历史上著名的以少胜多的战争之一，也是三国时期最著名的一战，它展现了古代战争中古人的智慧，也深刻影响了后世的文化，成为许多文学作品和艺术创作的题材，也充分揭示了期望与失望之间的关系。

越在意，越失去。在意和失去之间的关系往往是一种复杂的情感动态，"在意"代表着重视，但这个过程中可能会因为各种原因而不断失去。有时候，一个人对某些事情过于在意，或者过于担心，这个过程就会不断让对方产生压力，最终可能会导致不好的结果产生。所以在意往往也伴随着失去的恐惧，但失去可以教会我们什么是真正重要的，从而能改变我们在意的角度和重点。那些经历过失去的人，往往会更加珍惜他们所拥有的东西，也更加在意那些能长期带来幸福和价值的事物。在意和失去往往在爱情当中表现得最为热烈，如果一个人深爱着另一个人，那么他对这份爱情关系是非常投入和在意的，为了这份感情能够持续地发展下去，他会在这段感情里不断加码，直到他们可以一直在一起，如果这段关系没能一直保持下去，深爱的一方便会产生强烈的情感反应，情深意切之下可能会带来深刻的痛苦和失落。不仅如此，在意和失去的关系也表现在生活中的方方面面。如财务投资，如果一个人对一个项目寄予了极大的

第二十二章 淡然得失

厚望，也投入了大量的积蓄，如果项目一旦失败，就会导致资金的损失，失去的不仅仅是金钱，还有随之而来的信任崩塌，也会失去对未来的期望。所以一个人很难取舍这些关于在意和失去之间的关系，如果一个人坚持每天锻炼和健康地饮食，但有一天发现自己失去了健康，那么他一定为之前的在意而感到更加痛苦。如果是一个人非常珍视自己的某个朋友，但如果因为一场误会或者生活变化而失去一段友谊，那么这个人也会感到非常孤独和遗憾。所以在意和失去之间的关系，总能教会我们珍惜现在所拥有的，即使失去了，生活也会继续，我们可以从经历中不断学习和成长。

第二十三章　时空结构

第一节　时间

　　时间是"每个世界"的等值概念。"时间"这个概念在不同的领域有着不同的解释，在不同的学科里，科学对"时间"的研究最为深入，人们试图破解"时间"里隐藏的秘密。时间的本质，可能是一个有趣的概念，在大众的眼里，或者说在宏观的角度上看，"时间"在这个世界上是一个等值的概念，即使在不同的时区，我们也遵守着一个相互认可的"时间"概念。尽管我们都认可一个总的"时间"概念，但科学的研究，思想家的究竟，并没有把时间规定在一个框架里，有人认为时间更多时候像是一条线，它有始有终，就像每个人的一生，每个人都有一条生命线，在这条线的时间框架里，我们仅仅是"活着"。也有人认为时间是一个周期性概念，在过去我们以日月星辰为参考点，并计算出年、月、日的时间周期，在这个时间周期里，我们不得不感叹时间的魅力。

毕竟它主宰着一切，时间的魅力在于它的不可逆和不可再生，当然它也有残忍的一面，它会把那些不再具有时代意义的东西淘汰掉，所以如今我们很难再看到古代时期的房子和当初那些外在文化，包括穿着或者不好的习俗等，当然，"时间"也会把最具价值的留下来，比如文化、文字，以及图书典籍等记录当时世界的精华，具有传承和研究价值的东西。

快乐的时候，我们总感觉时间过得很快。"时间"或许是一去不复返的，无论是过去、现在、未来，在人们的眼中，时间只能永远向前，所形成的一个主体方向，事实上，我们也未能找到一个回到过去的例子，所以这也许能够证明，时间在人类世界，确实是一个只能向前的概念，有时候时间也像水一样，在不停地流动。在人的身上，其实也是有时间感和空间感这个概念的，人类构建的时间感往往取决于外部空间的感受，外部空间包含了许多关于构建感受的因素，包括情感、记忆、心理、环境等，在放松和快乐的时刻，一个人往往会感到时间过得比较快；每当我们遇到那些所谓的坏事，焦虑、不安、压力等情绪会不断充斥在个人的空间里，这时，时间往往会显得漫长，如果一个没有作好充分准备，不喜欢考试的人，参加一场考试，他便会觉得时间极其漫长，毕竟焦虑和压力会拉长每一秒钟，这些所谓的外部情绪，在与意愿相反的环境当中，这个过程就像是一场被慢放的录像，等待就像是一个迫切的过程，预期只会为失望买单。所以时间感，是一个关乎外部环境的意识，它可以是一个主观的时间观念，受个人的情绪影响，在很大程度上，我们都希望能过上一个幸福的日子，这个期待的过程就构成了一个主观时间观念，所以快乐的时候，我们总感觉时间过得很快。

时间不语，往事消逝如风。时间不会说话，也不善于表达，它只是静静地看着这个世界，又默默地把世界改变了，时间好像是客观存在的，但又是主观感受的，它是我们生活中的坐标，帮助我们理解过去，把握现在。正确对待时间，是我们每个人都需要面对的课题，而往事就像是时间的伙伴，它成了我们人生中的一部分。时间不语，往事消逝如风，积极的往事往往能够为我们推波助澜，给予我们力量和慰藉，它也可以帮助我们形成自我的认识，帮助自己理解自己的优点和缺点。消极的往事，一旦被重提，就会带来创伤，这些痛苦的往事也能成为教训，促使我们成长、避免再次犯错。"往事"已经成为我们人际交往和社会互动的一部分，它深刻地影响着我们与他人的关系，一部分的人往往是基于"往事"对一个人产生基本印象，建立理解，而和人倾诉往事则可以加深人与人之间的联系。但不管如何，都要接受自己的过去，无论是好是坏，都是构成自己的一部分，那些无法改变的事情，我们也只能适时放下，不应该让它们成为我们前进的阻碍。茅盾先生曾说："过去的就让他过去，永远不要回顾。"这句话不仅反映出了他个人的人生态度，也蕴含了他对时代变迁的深刻理解。过去的事情，无论是荣光还是屈辱，都应该成为前进的动力，而不是阻碍。他鼓励人们放下过去的包袱，勇敢地面对现实，积极地追求未来。

人生百年，学会倾听。不管生活如何变化，我们都不得不承认这样一个事实，就是每个人的一生都是只有将近百年的岁月时光，在这百年的岁月时光里，有些人未能如愿地过完这百年岁月，也不一定能完成自己的理想，所以在这一生当中，充满遗憾是常有的事，有时候我们总希望能够表达自己，但却总是忽略了他人的感受，也很少去倾听他人的想法，倾听是一个相互理解的过程，它的重要性不言而喻，学会倾听能拉近自己与他人之间的距离。每个人都有自己的思想、感受和经历，这些都是独一无二的存在，通过倾听，我们可以了解到他人的想法和感受，从而更好地理解对方，这种理解可以促进彼此之间的信任和尊重，有助于建立良好的人际关系，除此之外，倾听有助于解决问题和冲突。在生活和工作中，我们常常会遇到各种问题和冲突，这些冲突会导致误解和沟通不畅。也只有通过倾听，我们才能更好地理解问题的本质和对方的立场，找到解决问题的办法。倾听能拉近人与人之间的关系，发现自己的不足之处，从而进行自我的反思和改进，这种自我成长不仅可以提高我们的个人能力，还能不断提高自己的能力和水平，倾听能发现人与人之间的差距，它需要我们放下偏见和成见，全神贯注地关注，另外还要保持足够的内心和同理心，去不断理解和感受，也需要我们拥有足够的勇气和智慧，去面对和解决问题。总之，倾听是人生的一部分，也是一种基本的交往能力，它可以更好地帮助我们理解他人，解决问题和冲突，以及进行自我成长。

第二节　空间

一张纸就有一个空间。"一张纸"看似平平无奇，但实际上也蕴含着无限的可能，它的空间也远远比想象中的大。一张纸经过不同的制作方式，能形成各种各样的产品，从而变成更具色彩的时代产物。比如，被印刷成常用的一张"钱币"、记录文字思想的一页"作品"、贴在信封上的一张邮票等，无论是这样那样所见的"纸作品"，实际上都是我们生活中不可或缺的部分。对于作家来说，一张纸的空间就是他们创作的舞台，在这张纸上面，他们可以用文字构建一个全新的世界，讲述一个又一个奇幻的故事，表达一些深刻的观点。对于画家来说，一张纸的空间，足以让他们展示才华，因为他们可以通过调配不同的颜色在纸上刻画出美丽的风景，还有生动的人物和抽象的艺术。这张纸让画家有了充分发挥的空间。对于学生来说，一张纸只是他们学习的工具，他们利用这张纸来做下笔记，写下自己的学习成果，或者作为考试专用的草稿纸张。在设计师眼里，一张纸可以成为他们的广阔天地。设计师可以在上面描绘出宏大的场景，通过排版、色彩运用等手段，在纸上布局各种元素，展现出独特的视觉空间。"一张纸"可以根据外部环境的使用者来决定空间的大小，在一张纸的框架内，我们可以组织和规划好这张纸的所有内容，在如今的数字化时代，一张纸的空间可能比那些电子产品等设备的记录模式要小，但两者还有本质上的区别，一种是现实中存在的，另一种则是虚拟世界中的，两者都有各种不同的价值和意义。它可以帮我们更好地思考和表达，也能给我们带来独特的成就感。因此，珍惜一张纸的空间，用它来记录生活，表达我们的思想，展示我们的才华，在这一张纸的空间里，找到自己的无限可能。

　　数学可以解释这个世界。数学是一个抽象的领域，实际上数学是宇宙的语言，也是自然的法则和人类智慧的结晶，数学是一种被用来理解世界的方式，它无处不在，在我们的科学技术发展中，在艺术作品的创作中，数学的美在于它构成了我们理解世界的基础，也帮助我们解决了实际的问题，如价格、路线、投资，等等，每一个数学公式都是对自然世界的解读。例如，欧几里得的几何原理，牛顿和莱布尼茨的微积分，哥德尔的不完备定理等，不仅如此，数学还具有简单又纯粹的美，例如，上帝公式、质能方程，一个普适的定理，可能需要经历几个世纪才能被证明，其影响力跨越了时间和空间。而这些公式和定理的集合，成了理解世界和探索宇宙奥秘的一把钥匙，从古至今都扮演着重要的角色。

在自然界里，数学是描绘宇宙的语言，从行星的运行轨迹到花朵的生长规律，数学的应用在自然界随处可见，向日葵的籽粒排列和菠萝表面的螺纹，都遵循着数学的规律，另外海岸线上的轮廓和云朵的形状都有数学的影子，数学中几何学或许能揭示这些复杂的形态。在科技领域，数学是推动创新的核心力量，计算机科学、人工智能、网络安全等领域都离不开数学的基础，很多加密技术也依赖数学中的分解问题，现代技术的核心算法变得尤为关键。在艺术创作中，数学是不可或缺的元素之一，从古代的黄金分割到现代的建筑设计，数学原

第二十三章 时空结构

理被用于创造美观的比例和图形。在音乐作品中，数学也影响着音律和节奏的构成。数学在这个世界扮演了重要的角色，它常被用来解释这个世界，但随着社会发展，新的数学问题不断出现，数学家们需要不断地探索和解决，数学独特的魅力和力量，不断推动着人类进步。

宇宙是一个魔方。"仰观宇宙之大，俯察品类之盛。"出自东晋时期王羲之的《兰亭集序》，表现出的是一种广阔无边的宏观视野。向上仰望，宇宙浩瀚无垠，充满想象，向下观察，世间万物丰富多彩。宇宙充满了太多未知，星点点，月团团，那些闪烁的星星就像是魔方上的小方块，每个都独一无二，但又组成了一幅幅美丽的图案。所以我把宇宙比作一个魔方。在物理学的角度上看，宇宙有许多的秘密等着我们去探索和解答，就像魔方上的小方块，通过不断地尝试和调整，我们才能找到正确的组合方式，宇宙也是这样，我们需要利用科学的方法去不断实验和探索验证，才能逐步揭开宇宙的神秘面纱。宇宙被称为"魔方"，一点也不足为奇，毕竟宇宙充满了无数的可能性，每一种可能性都有其存在的意义和价值，就像魔方上的小方块，在每一个位置上都有着这个位置独特的作用。宇宙也是如此，每一个生命和物质，都有存在的意义和价值，它们共同组成了这个世界，使得这个世界具有多样性和丰富性。人也一样，宇宙像是一个魔方，我们每个人都是这个魔方上的小方块，我们有自己的位置和角色，我们需要找到自己的位置，发挥自己的作用，才能让整个魔方运转自如，我们也应该学会欣赏和理解不同的小方块，毕竟无数的小方块组成的"宇宙魔方"是一个整体的系统，每一个部分都与其他部分相互联系，相互影响。就像魔方上的小方块，每移动一个方块，就会影响到其他的小方块，甚至改变整个宇宙魔方的形态。宇宙是一个魔方，它既神秘又美丽，充满了无数的秘密和未知，我们需要用科学的方法和哲学的思考去探索和理解它，找到自己的位置和角色，欣赏其他的存在，毕竟这是一个多方块组成的"宇宙魔方"，尊重和理解他们的存在和作用，这样才能使整个魔方更加和谐和美好。

时间和空间让不同的宇宙产生距离。在物理学的长期发展中人们将所研究的客观物质世界大小分成两个范围，一个是宏观世界，一个是微观世界。在个人看来，符合微观规律的客观物质世界就是一个小宇宙，符合宏观客观物质规律的世界就是一个大宇宙。在微观世界中，人们把分子、中子、原子、电子、质子、光子等单体称为微观客体，它们遵循着微观世界的客观规律，与宏观世界有着极大的差别，它们之间遵循着所谓的"量子理论"，量子理论是现代物理学的基石之一，它揭示了微观世界的物质基本规律，很好地解释了原子结构、光谱规律、化学元素性质、光的吸收和辐射等基本理论。现代科学最大的魅力就在于人们可以探索到宇宙最隐秘的地方（原子级世界），而"时间"在这里其实是有着与平时不一样的性质，"时间"不存在或者说在这里是没有意义的，毕竟"时间"在微观世界没有所谓的方向，而是一种无所谓过去或者将来的状态。时间在这里也没有发生任何的作用，甚至可以被抛弃掉，但是分子的表现形式需要通过时间提供给观察者，而这里的时间是被观察者所需要的。当我们回到由宏观物体的总和构成的物理学研究的宏观世界，如星系、星系团等巨大天体之间的探索，"时间"在这些不同距离的天体之间发生扭曲、融化、碎裂，时间在这个巨大空间的宇宙当中，无法分开而单独存在，相反，时间充满整个宇宙，震动、摇摆、变形等情况不断发生。在我眼里的微观世界（小宇宙）和宏观世界（大宇宙）两者之间其实是有一定的距离的，这个距离的遥远程度不是我们所能测量的，时间在这两个世界里不断充斥着，而宇宙似乎是一个具有无限空间的集合体，所以两者之间或许是相辅相成的概念，或者说它们之间的不同意义差别，共同构成了一个宇宙，这个宇宙包含宏观世界和微观世界。

第二十四章　宁静致远

第一节　宁静致远

"静以修身，俭以养德"出自诸葛亮《诫子书》，意思是一个人可以通过保持内心的宁静来修养自己的身心，通过节俭的生活方式来培养自己的道德品质。这句话强调了宁静的心境对于一个人的内在修养起到重要作用，简约的生活方式能培养良好的美德。这里的"静"不是外界环境的寂静，而是指心灵上的平和与专注，在这种心灵寂静的环境里，我们能够更好地反思自己的行为、情感和思想，从而达到提升自我品质的过程。这里的"俭"指的是节约资源，避免铺张浪费。"养德"则是通过这种避免铺张浪费的行为来培养良好的道德品质。

诸葛亮，字孔明，三国蜀汉丞相，他的一生淡泊名利，静守茅庐之中修身养性，潜心研究学问和天下局势，他生活节俭，即使在掌握大权的时候，依然保持着朴素的作风，把精力放在治国理政上。诸葛亮出生于琅琊阳都，他喜欢安静，不喜欢繁华的城市生活，所以他选择在隆中的茅庐中隐居，他修身静心，过着淡泊名利的生活，在茅庐的生活中，他潜心研究学问，广泛涉猎经史子集，对天文、地理、兵法、易经等深入研究。在辅助刘备的过程中，诸葛亮始终保持着朴素的生活作风，他生活节俭，不奢华，不浪费，以身作则，他深知，一个国家的兴衰，取决于国家的风气和人们的品德，所以他以身作则，倡导节俭，以此来影响更多的人。诸葛亮的一生充满传奇色彩，他以卓越的智慧才能，为刘备出谋划策，建功立业。他以身作则，从政期间政治清明，经济繁荣，人们安居业。在诸葛亮身上，人们能体会到他，"静以修身，俭以养德。"的真正内涵。这不仅仅是一句古训，是人们从古至今都应该在生活中实践的生活哲学，通过不断地修炼自己，我们才能成为更好的自己。

谋定而后动，举事必有功。做任何事情都应该要先做好周密的计划和准备，任何再去行动，任何事情只要去做就一定能够取得一定的成效和成功。"谋定而后动，举事必有功。"这句话强调的是谨慎规划的重要性，事先做好充分的准备，采取正确的策略，并且灵活应对各种情况，是取得成功的首要条件。诺曼底登陆是二战期间盟军对纳粹德国发起的一次至关重要的大型两栖登陆作战，是盟军在西欧战场的转折点，胜利的背后，是盟军的精心策划和周密准备。在登陆前夕，盟军进行了长达数月的情报收集工作，他们利用各种手段，包括空中侦察、间谍活动以及无线电拦截等手段，来掌握德军在诺曼底地区的兵力部署情况。除了情报收集，盟军还开展了一系列的战略欺骗行动，他们制造了假的军事部署，比如在英格兰东部建立一个假的登陆部队，用来迷惑德军的视线，他们还利用无线电报发送虚假信息，让德军误以为登陆地点在加莱海峡，而不是诺曼底。盟军分析了诺曼底的地形、潮汐情况以及德军的防御设施，以确定最佳的登陆地点，为了确保登陆作战的顺利进行，盟军还充分准备了各种装备和战略物资，他们建造了大量的登陆舰和浮桥、武器弹药、食品医疗品，这些准备工作为诺曼底的成功登陆提供了坚实的物资保障。所以说，诺曼底的登陆成功离不开盟军的事先准备，他们通过情报收集、地形勘察等一系列措施，为登陆作战奠定基础，正是这些准备，让盟军顺利地登陆诺曼底海滩，并最终取得战役的胜利。

非淡泊无以明智，非宁静无以致远。诸葛亮在《诫子书》中意思是人们应该看淡名誉和利益，保持内心的平静与安宁，这样才能生出智慧，达到更长远的目标。这种生活态度强调的是内在的修养和个人品德，不过分追求物质和社会地位。梭罗，19世纪美国文坛的一颗璀璨星辰，他不仅只是一位作家，还是一位哲学家、环保主义者。著名的《瓦尔登湖》是他的代表作之一，这部作品至今还影响着无数人对于生活、自然和社会的思考。这本书详细记录了梭罗在马萨诸塞州康科德附近的瓦尔登湖边，独自生活了两年两个月两天的经历。在这段时间里，他亲自搭建小屋，种植食物，观察自然，进行写作和思考。他希望通过这种俭朴的生活方式，探索人类生存的本质，并对当时日益物质化的社会提出了批判。他认为简单的生活并非贫瘠的生活，而是摆脱不必要的物质负担，让人们更加专注于内心世界和自然生活，他认为，人们应该减少对物质的依赖，才能体会到生活的丰富和自由。梭罗在书中描绘了自然的神奇和美丽，他观察湖水的波动、树木的生长、鸟儿的歌唱，从中领悟自然界的秩序和美。在反对物质主义的同时，他也对社会习俗和规则质疑，他认为，人们不应该盲目地遵循社会习俗，而是根据自己的判断和信念来生活。这种独立思考的精神，在《瓦尔登湖》中得到充分的体现。《瓦尔登湖》不仅是一部文学经典，更是一部关于生活、自然哲学的思考录，梭罗的思想和作品，激励了无数人去追寻更加简单、真实和有意义的生活。在当今这个物质主义和消费主义盛行的时代，《瓦尔登湖》所传达的理念，仍然具有现实的意义和深远影响力。淡泊明志，宁静致远,是梭罗的真实追求,他不被名利束缚,保持内心的宁静和坚定,追求真正有价值的事物,他的事迹和精神也激励着许多的人。

"落霞与孤鹜齐飞,秋水共长天一色"出自唐代王勃的《滕王阁序》,落霞的绚丽色彩与孤鹜的深色轮廓相互映衬,在秋水和长天的背景之下,色彩对比鲜明又和谐,形成一幅自然统一的斑斓画面。在中国古代,利用具体的自然景观来寄托个人的情感和哲理思考是中国古代诗歌创作的重要特色,通过描写自然的景色,寄托个人的情感和哲理思考,在这些诗词当中,常常还隐含着道家哲学中关于人与自然的关系思想,他们认为,人应该顺应自然规律,追求心灵上的平静和自由,"秋水共长天一色"象征着宇宙间万物的相互联系、浑然一体的状态。这与中国古代的道家哲学思想不谋而合,道家学派,尤其是老子和庄子的思想中,他们强调的是顺应自然规律,主张"无为而治"。他们认为,人类应当顺应自然,不可以过度干预这些自然产生的现象,这样才能达到和谐共生的局面。除此之外,在中国古代,人们根据自然的现象和规律制定耕种计划,于是有了二十四节气,不但作为人们耕种、收获、储藏的指导,还成为特有的文化标签。除此之外,人与自然的统一还表现在方方面面,如人的健康与自然环境、气候等的变化密切相关,一个良好的居住环境往往能改善人的身心健康程度。所以面对美好的环境，抒发出的美丽心境也能使人内心感到愉悦。人们不仅喜欢美丽的景色，在中国古代，建筑、宫殿、园林等，也会考虑到与环境的统一和谐，建筑师会考虑地形、气候、风向等因素，使建筑与自然环境融为一体。最后就是文学，文学的造诣常常利用自然景色，以此来表达对自然的敬畏和顺应，这显然已经成为中国古代诗歌的一个重要的文化特色，这些诗词，在中国乃至世界范围内都享有极高的声誉，成为中华优秀传统文化的重要组成部分之一。

第二节 行则将至

"为者常成，行者常至。"出自《晏子春秋·内篇杂下》，意思是努力去做的人常常可以成功，不断前行的人常常可以达到目的。这句话强调了行动的重要性，成功地达到目的不是靠空想和等待得来的，坚持不懈地去做事的人，才能取得成功。它也体现了坚持的力量，同时鼓励人们应当保持积极的态度，成功往往属于那些不畏艰难、勇于尝试的人们，成功和达到目的是一个长期的过程，需要耐心和毅力。

哲意

在四川的象耳山下,李白在那里度过了他的童年,那里是一个山泉涓涓,鸟语花香的地方,李白的家庭并不富裕,但父母深知教育的重要性,所以省吃俭用地供他在山下读书,但是年少的李白对学习并不上心,也不怎么喜欢读书,经常逃学,相比学习,他更喜欢在林间追逐,山间游荡,甚至一度想着中途辍学。有一次,李白像往常一样,路过一条小溪,他看到一位老妇人,老妇人身着粗布衣裳,满头白发,脸上刻满了岁月的痕迹,她正在磨着一根铁棒,动作缓慢而又坚定。李白感到十分好奇,他走过去,轻声问道:"老妇人,您在做什么呢?"老妇人抬起头,微笑地看着李白,她的眼神中透露出一种深沉的智慧。"我要把这根铁棒磨成针。"她平静地回答道。李白感到非常惊讶,他看着老妇人手中的铁棒,他想了想,要磨成针,这无疑是一项巨大的工程,他又忍不住问道:"这需要多长时间呢?"老妇人微笑着说:"也许需要几年,也许需要更长的时间,但只要坚持,总有一天会把它磨成针的。"李白被老妇人的话深深打动,他回忆起自己的学业,开始感到羞愧,他突然感觉到以前放弃是多么的愚蠢。于是他向老妇人深深地鞠了一躬,以此来感谢她的启发。回到山中,李白开始重新拾起书本,用心地去读每篇文章,他开始理解文字背后的含义,他不再觉得这是枯燥乏味的了,每当疲惫的时候,他总是想起那位坚定磨铁棒的老妇人，她一直激励着他不断前行。后来的李白，完成了学业，离开了山林，开始了他的诗人之旅。他的诗歌充满了对生活的热爱和对世界的探索，他的名字也因此在历史长河中留下了浓墨重彩的一笔。那块磨铁柱的石头，被称为武氏岩，也成了后人所敬仰的地方，它见证了一个少年的蜕变，也见证了一个传说的诞生，这个故事告诉我们，无论是多么艰难的任务，只要坚持，保持耐心，有毅力，就一定能实现目标，它也告诉我们，有时候，一个简单的行动，一句简单的话语，就足以改变一个人的一生。

行是一个过程，理想很美好，现实很残酷。常听到有句话，它是这样说的，"路虽远，行则将至。"路途遥远，我们只要不断地向前，我们就能顺利到达我们想要去的地方。这句话看似一个简单的描述，无法把生活中遇到的各种挑战一一罗列出来，但在我们每个人的一生当中，我们都不可避免地要面对现实的种种困难和挑战。现实的残酷，不会因为我们的梦想和愿望而改变。现实会塑造我们的性格，磨练我们的意志，所以我们必须明白，理想很美好，现实很残酷。所以面对现实，我们需要的是坚持，在追求目标的过程中，我们可能会遭遇失败和挫折，这个时候我们需要坚持自己的信念，不轻易放弃，但也不可固执己见，而是充分了解现实的基础上，调整

哲意

自己的策略和方法,继续努力。面对现实,我们还需要一份智慧,现实是复杂多变的,我们需要用智慧去分析和理解,智慧不仅仅是书本上的知识,还包括对生活的深刻理解和洞察,也只有用智慧面对现实,我们才能做出正确的判断和决策。最后,我们还需要一份乐观,乐观是一种积极的人生态度,它让我们在困难的时候保持积极向上的心态。乐观不意味着对现实视而不见,而是充分认识到困难后,依然保持对未来的信心和希望。我们是人生路途中的行者,面对现实,我们需要坚持、智慧、乐观,只有这样我们才能不断在现实中成长,不断前进,面对现实也是一个成熟的态度,也意味着接受事物本来的面貌,而不是期望它们符合自己的幻想,理解和接受现实是我们人生中最重要的一课,设定那些可以实现的目标而不是不切实际的期望。面对问题,我们需要寻找解决方案而不是逃避。

"竹杖芒鞋轻胜马,一蓑烟雨任平生"出自苏轼的《定风波·莫听穿林打叶声》。在诗中,"竹杖芒鞋轻胜马"形容的是诗人拄着竹杖、穿着草鞋,行走在雨中,感到比骑马还自在。"一蓑烟雨任平生"指的是诗人即使在风雨中,也无所畏惧,愿意以一身蓑衣,任凭风吹雨打,度过自己的一生。"一蓑烟雨"无非是人生当中的各种挑战,不过,面对这些挑战的时候,我们需要保持的是一颗随遇而安的心,保持乐观的人生态度。苏轼的一生充满波折,但他始终保持着乐观阔达的人生态度,无论是文学创作还是在生活上,都展现出了非凡的才华和人格魅力。苏轼的乐观阔达态度体现在了他对待贬谪的态度上,苏轼因为政治斗争多次被贬,尤其是"乌台诗案"后,他被贬到黄州,黄州在当时是一个落后的地方,生活条件可能相对较为艰苦,但苏轼并没有因此消沉,而是以更加积极乐观的心态去面对生活。苏轼的乐观还表现在他的文学作品上,在黄州期间,他创作了大量脍炙人口的诗文,其中《赤壁赋》最为著名,这篇作品是以赤壁之战为背景,通过对历史事件的描述,抒发其对人生、宇宙、历史的深刻思考。不仅如此,在黄州的山水之间,苏轼找到了心灵的慰藉和创作灵感。他的诗词中充满了对自然美景的赞美和对生活的热爱。他曾说:"人生如梦,一樽还酹江月。"苏轼认为,人生短暂如梦,不应该过于执着个人得失,应该把握当下,享受生活的美好。苏轼的一生充满波折,但他始终保持着乐观豁达的态度,他的故事激励着我们在面对困难和挑战的时候,保持积极向上的心态。

一个原则。"原则"这个词可以指很多不同的东西,在不同的领域,原则可以有不同的含义,在伦理学中,原则是指导行为和决策的基本准则,在复杂多变的社会生活中，道德原则提供了一套评估行为对错的框架，帮助个人在纷繁的道德问题中找到方向。例如，诚实守信是许多文化推崇的道德原则，它指导我们在与他人交往中保持真诚，不说谎言，这样的原则之下，才能建立起人际的信任基石。一个社会的正常运行离不开共同的道德范畴，这些范畴通过法律、教育等形式深入人心，形成一种普遍接受的行为准则。例如，公平正义是现代社会的重要道德准则，它要求我们在分配资源、处理纠纷时保持公正无私，道德也是文化的载体，不同的文化背景下，这些原则反映了特定文化对善恶、美丑的价值判断，是文化传承的重要部分。道德原则是哲学研究的核心内容，道德现象背后的本质规律能为解决现实生活中的道德难题提供理论支持。例如，功利主义和康德伦理学是不同的哲学流派，也代表了两种不同的道德原则。在法律的原则中，法律的基本价值和目标是法律体系的核心，例如法律的平等原则要求法律对所有人平等适用，不得歧视任何个人或群体，法律的适用原则是指法律在具体的案件中的适用规则，它们确保了法律的公正和一致性。此外，法律原则还具有普遍性和稳定性，不同的法律体系之间可以进行交流和合作，但法律原则的稳定性，不应该轻易地随时间和环境的变化而变化，这样才能为法律体系提供连续的稳定性。最后是个人原则，一个人坚持自己的原则，即使是面对诱惑或者压力时也不妥协，这样的行为是值得推崇的。个人原则受成长背景、文化影响、教育经历等各方面影响，如果一个人坚持以诚实为原则，那么在面临是否说谎的选择时，他会依据这一原则选择说出真相。当然，一个有原则的人往往更容易塑造个人的性格和声誉，一个始终坚持正义原则的人，会因为其正直的行为而受到他人的尊重和信任。但是，在现实生活中，个人的原则可能会与其他的价值观或者利益发生冲突，这个时候个人需要做出一些权衡和选择，这个过程可能会带来痛苦，并可能导致个人原则的进一步深化和调整。

第二十五章 启示

第一节 仁智

"仁者见仁,智者见智"出自《周易·系辞上》,意思是每个人的眼睛和心灵都是不同的,所以我们观察的世界方式也不尽相同。仁者会看到仁义的方面,智者则会看到智慧的层面。这不仅揭示了人们看待问题的深度和角度的差异,也提醒我们要尊重他人的观点和想法。我们的内在态度往往影响着我们的行为,还有性格的倾向,面对不同的情形和环境,不同的人可能会做出不同的选择。从不同的角度去认识事物,就好像是佛家的"明心见性",心中怀有仁义,就会从仁义的角度去认识事物,心中有智慧,就会用智慧的一面去考察挖掘事物智慧的一面。"仁者见之谓之仁,知者见之谓之知"也是基于这个仁智的理念,有仁爱之心的人能从这些事物的发展中察觉"仁爱",有智慧的人能从事物的发展中发现"智慧"。例如,西楚霸王项羽的故事充满传奇色彩,他与刘邦之间的军事斗争非常著名，历史称"楚汉争霸"，尽管在与刘邦长达四年的战争中，项羽多次取得胜利，但他生性残暴和专断的行为也逐渐失去人心，在垓下之战中，他多次冲破汉军的包围，但最终由于兵力悬殊，无法改变战局，最终在乌江边选择了自刎，结束了他辉煌悲剧的一生。不同的人物对项羽的评价不尽相同，杜牧在《题乌江亭》中认为项羽若能重返江东，也许还有机会卷土重来，这也体现了杜牧对项羽的一种仁慈和宽容的看法。王安石则在《叠题乌江亭》中从形势的角度分析，他认为项羽的失败是必然的，不可逆转，毕竟现实和客观条件已经不可能使项羽回头，这是出自现实和理性的思考。而李清照在《夏日绝句》中表达了对项羽英雄气概的敬仰，她认为项羽生时是人杰，死后也是鬼雄，她更加注重对项羽情感上的认同和赞美。所以，由于时代的变迁，研究者的认识差别影响，不同时代不同的研究者对同一历史事物可能会有不同的认识，这体现了"仁者见仁，智者见智"的观点。

"礼尚往来"出自《礼记·曲礼上》，意思是在礼节上注重有来有往，借用对方对待自己的态度和方式去对待对方。"来往不住"则可以按字面意思来理解，人们来来往往，没有停留的意思，在人际交往的过程中，来往不住，可能意味着人与人之间的交往非常频繁，联系不断。在不同的文化里，人们对"礼尚往来，来往不住。"有着不同的处理方式，了解并尊重这些文化差异，有助于我们更好地了解这些文化特色。在亚洲文化中，集体主义和等级制度可能是主流观念，这种文化价值观念影响下，年纪和地位较高的长辈，他们所说的话语，往往会被优先考虑，年轻人在与长辈交谈的时候，常常会使用敬语，以表示尊敬。另外，在亚洲文化里，相互赠送礼物也是一种重要的社交行为，但礼物的选择，是一个需要着重考虑的问题，过于个人化或者昂贵的礼物往往会被视为是不恰当的，甚至会引起尴尬或者误解。所以人们在选择礼物的时候，更倾向于选择那些既能表达心意，又不会过于突出的物品，比如茶叶、书籍，或者手工艺品。而西方文化中，个人主义色彩、英雄主义可能较为鲜明，在这里，直接交流被视为是一种尊重和诚实的表现，人们更倾向于直接表达自己的想法和感受，而不是通过间接或者含蓄的方式，特别在商务交流中，人们会更直接陈述自己的需求和期望，不会绕弯子。对于礼物的赠送，他们更注重个人喜好和实用性，以此来表达对他人的感谢和关心，所以他们可能也不在乎包装和外观，而是背后的心意。在拉丁美洲文化中，在这里，礼尚往来体现在亲密和友好的交流中，人们会相互拥抱和亲吻脸颊，以表达亲密和友好，他们会在交谈中分享个人生活经历，他们之间赠送礼物一般也不会选择太昂贵的，而是体现出对对方个人的喜欢考虑，一本书或者一朵鲜花。

"温文尔雅，雅俗共享"是形容一种温和而文雅的气质，如同春日里的微风，轻柔不失力度，温暖不炙热。"雅俗共享"则说的是这种气质不仅能够得到高雅的人士欣赏，也能被普通大众所喜好，它超越了雅和俗的界限，是一种普通的共鸣。温文尔雅并非与生俱来，它是后天的修炼和培养生成，准确地说，在日常的生活中，我们的言行举止都得温和有礼，不急不躁，不卑不亢。它要求我们在与人交往的时候，学会尊重、理解和宽容。即使在面对困难和挑战的时候，我们也能保持冷静和理智，不轻易放弃，不轻易妥协，其实这也是一种挑战。而雅俗共赏则是在要求人们追求高雅的时候，不要忘记生活的本质，和人性的率真。它告诉我们在欣赏艺术的同时，不要忘记生活的乐趣，和人生的快乐。追求精神的同时不要忘记物质的需求。温文尔雅，雅俗共享不过是生活的智慧，人生的哲学。它告诉我们，生活不仅仅是生存，还有艺术和美学，生活不仅仅是追求，还有感受和欣赏。它也告诉我们，无论是高雅还是俗气，高贵还是平凡，都有着它存在的价值和意义。温文尔雅，雅俗共享的气质是生活所需的，在忙碌的生活中，我们可以找到一份宁静和从容，在困惑的生活中，我们可以找到一份清晰和坚定。在物质和欲望中，找到一份精神和灵魂，在理想和现实中，找到一份平衡与和谐。其实，温文尔雅，雅俗共赏不过是生活的一种态度，追求这样的气质，体验这样的世界，你会发现一种跨越时空的文化现象，就是理解尊重高雅文化的同时，接通俗文化，才能构建一个良好的文化生态。在这个生态中，每个人都可以被尊重和理解，这仅仅是一种文化理想。

待人勿估，敬畏天地。做人不要抱有过分的想法，不要过高或过低地估计自己，不轻易地对他人进行评判或预设。因为这可能会导致误解和不必要的偏见，每个人有每个人的故事、经历和个性，我们不能凭表面去判断一个人的价值。找到自己合适的定位才是每个人应当重视和思考的。同时，"敬畏天地"则是告诫我们要有谦卑之心，认识到自然的伟大和人类在宇宙中心的位置，这种态度促使人们更加尊重自然规律，珍惜自然资源，并且以一种负责任的方式对待自然环境，此外，中国文化里，天与地常常被赋予道德和信仰上的意义，因此"敬畏天地"也可以理解为遵循道德规范，保持内心的纯净和正直。每当我们在团队中遇到新加入的同事时，一般的人都会觉得新人往往缺乏经验就低估他们的能力，但实际上，每个人都可能带来独特的创新想法和思考。因为新人意味着，不完全被团体的教条所束缚，在面对一些陌生的环境，可能需要一段时间来适应，包括思想上和行为上的适应过程，假如遇到的是那些不太会说话的人，可能一般的人会更倾向于把这类人看成害羞或者不友好，但实际上，他只是需要多一点时间来适应环境的变化，所以这个时候给予他人更多的理解和耐心是很重要的。人其实也是自然的一部分，而尊重本身就是一种敬畏天地的表现，当然更为重要的是我们需要培养一颗敬畏之心，通过反思，你可以开始意识到自己当下所处的位置，这种反省有助于培养谦逊的态度，学会感恩，感恩的心态有助于培养对生活的珍惜和对存在的敬畏。

第二节　启示

人生苦短，不可久悲。人生苦短，并不是指人生的苦日子很短暂，而是苦于人生过于短暂，我们无法好好珍惜就已经不断地失去了，所以即使有过一段感到悲伤的时光，时间也会把悲伤慢慢抹去，曹操在《短歌行》中也提到："对酒当歌，人生几何？譬如朝露，去日苦多。"这里的人生几何，也是在问苍天，人生还有多少时间，人生的短暂犹如早晨的露水一样，短暂而珍贵。曹操是一位杰出的政治家、军事家和文学家，出生于三国时期，在那个充满了战乱和动荡的时代，曹操对人生的理解显得更加深刻和真实。尽管曹操对人生的短暂感到无奈，但他没有沉溺于悲伤之中，相反，他在诗中强调了，不要长久地悲伤，这种态度也体现在他的人生中，曹操在政治和军事上都有杰出的成就，他建立了曹魏政权，实行一系列的改革措施，如推行屯田制、改革官制、重视人才等，统一了北方，增强了中央集权，为后来的三国鼎立奠定了基础，同时他又是一位才华横溢的文学家，他的诗歌和散文都具有极高的文学价值，他用华美精良的文字传递出积极向上的人生态度。即使在今天，也给我们提供了宝贵的启示：人生虽然短暂，我们也可能无法改变这个事实，但我们可以改变我们的态度，学会保持乐观，珍惜每一天，而不是沉溺于过去的痛苦，或者担忧未来，也只有这样，我们才能活出自己的人生，不留遗憾。

退后一步，扬长避短。"退一步海阔天空"是一句古老的谚语。意思是在面对冲突和困难时，如果能够暂时放下争执，退让一步，往往能够获得更广阔的空间和更多的可能性，这句话强调了宽容和理性在处理问题时的价值，也体现了中国传统文化中推崇的和谐与中庸之道。所以这也意味着我们在与人发生争执的时候，不要一味地坚持己见，而是需要从对方的角度思考问题，寻找共同点，通过退让来缓解矛盾，达到和解的目的。这种做法不仅能够维护和谐的人际关系，还能提高个人修养和境界，在处理社会矛盾时，如果各方能够展现出一定的退让和妥协精神，往往能够找到更为和平和长久的解决方案，这时候的退让其实不是软弱，而是一种智慧，它能够避免矛盾的激化，为问题的解决创造条件。而扬长避短，则需要自己清楚自己的实力，专注于体现自身优势的领域，便能提高成功的机会。在个人层面，这意味着需要识别和培养自己的强项，也要明确意识到自己的不足，如果一个人在艺术方面有天赋，那么他就应该成为一位艺术家或者从事艺术相关的职业，而不是选择其他逻辑性的职业，如工程师、大数据分析师等。在商业领域，"扬长避短"意味着企业应该注重产品的核心竞争力，避免进入自己不擅长的市场。例如，一家专注于软件开发的技术公司，可以通过合作的方式如外包、技术伙伴或者技术创新制造硬件设备，通过强强联合、实现赢利。总之，面对困难和挑战，要有策略地行动，扬长避短寻求最佳的解决方案。

　　锦绣山河，一轮明月。在这锦绣山河之间，有一轮明月高悬着，犹如夜空中璀璨的明珠，它的月光在洒满着大地，为这美丽的山河披上了一层银色的外衣，月关之下的山河显得宁静而神秘，仿佛有一段古老的故事藏在这月光里。在中国古典的诗词中，山是一个常见的主题，许多诗人通过描绘山的宏伟、秀丽来表达自己的内心感受和哲思。明代诗人杨慎在《临江仙·滚滚长江东逝水》中写道："滚滚长江东逝水，浪花淘尽英雄。是非成败转头空。青山依旧在，几度夕阳红。白发渔樵江渚上，惯看秋月春风。一壶浊酒喜相逢。古今多少往事，都付笑谈中。"无论世事如何变迁，自然界的青山和夕阳依旧如故，而人的一生短暂，几度夕阳便是一生。人生短暂世事无常，人生中的美好也转瞬即逝，然而人们对理想和追求的向往从未停止，宇宙之中的星河遥远而神秘。有句话说得好，我与春风皆过客，你携秋水揽星河。无论是春风还是秋水，都是人生路途中的短暂停留，而星河则是我们心中永恒的追求。月光之下的山川和轮廓，使得夜色显得更加雄伟壮观，月光在河流之下闪烁着银色的光芒，像一条蜿蜒的丝带，缓缓流淌，水面倒映着明亮的月光，波光粼粼，如梦如幻，人们感叹着大自然的神奇和美丽，也欣赏着这锦绣山河。辛弃疾在《水调歌头·和马叔度游月波楼》中写道："唤起一天明月，照我满怀冰雪。"似乎在告诉人们通过"明月"唤起精神上的寄托，月光犹如冰雪一样映入心怀，告诫人们时刻需要保持着内心的一份冷静。

第二十五章 启示

一叶扁舟，无穷宇宙。"一叶扁舟"，形象地描绘了人生的脆弱和渺小。扁舟在浩瀚的宇宙之中，就像是一片轻轻漂浮的叶子，随时可能被这无情的宇宙洪流所吞没。人类在宇宙中的地位可能也如这轻舟，人生是短暂和无常的。"无穷宇宙"，则展示的是宇宙的广阔和深邃，宇宙无边无际，包含了无数的星系和恒星、行星，它的奥秘和美丽让人感到震撼，也令人敬畏。在这样的背景下，人生显得更加渺小，也更加珍贵。人在宇宙之中不过是短暂的一瞬，但似乎每个人都是独一无二的存在，我们都有权利去探索、体验、创造。因此，我们应该珍惜每一次航行。扁舟之上，是一个孤独的旅人，他的脸上刻满了岁月的痕迹，但眼睛依旧深邃和明亮，仿佛他能看透这无穷的宇宙。他的手中，拿着一本破旧的书，尽管书页已经泛黄，但上面的字依然清晰可见。扁舟在宇宙中漂浮，在漫长的路途之中，旅人遇到了许多的奇遇，他看到了恒星的诞生和死亡，看到了星系的旋转和碰撞，看到了生命的奇迹和脆弱，也看到了宇宙的残酷和美丽。这些经历，让他对生命和宇宙有了更深的理解。在旅人自己的旅程的尽头，旅人找到了答案，他发现宇宙的力量，其实就在他自己的心中；他也发现，生命的意义不在于长短，而在于体验。而命运则是一个难以捉摸的命题，它需要人们不断探索和创造。于是旅人带着扁舟返回了地球,他认识到了一些生命的奥秘,宇宙的意义等等。"一叶扁舟,无穷宇宙",其实只是一位旅人自己的理解,这或许只是他自己的答案。